C000147994

folio
junior

Les messagers du temps

© Éditions Gallimard Jeunesse, 2010, pour le texte et les illustrations

Évelyne Brisou-Pellen

Les messagers du temps

5. L'épée des rois fainéants

Illustrations de Philippe Munch

Gallimard Jeunesse

Cette nuit-là, quand la comète traça son blanc chemin à travers les ténèbres, trois enfants naquirent. Trois. Ils venaient d'un autre temps, et leur destin était lié.

Mais à l'instant où la lueur s'éteignait sur l'horizon, un autre enfant ouvrit les yeux. Le Quatrième…

1
Le sarcophage

Royaume des Francs, septembre 715

Le brigand pénétra dans la maison en ruine et contempla les murs noircis.

– Il y a drôlement longtemps que ça a brûlé, ici...

Son compagnon désigna le sol :

– Regarde, ce tapis de pierres noires. Qu'est-ce que c'est ?

– On dirait une vieille tombe !

Ils se lancèrent un clin d'œil réjoui. « Vieille tombe » signifiait « offrandes au mort » et, si celui qui avait été enterré là était riche, « or, bijoux et armes anciennes ».

Autour du rectangle noir, le sol était envahi par les herbes folles. Après tant d'années d'abandon, la végétation aurait dû aussi recouvrir la tombe, mais les voleurs n'y songèrent pas. Ils pensèrent juste que leur fortune était faite.

Ils se jetèrent à genoux et commencèrent à déblayer les pierres à la main. Elles étaient coupantes, éclatées par la chaleur. Le travail fut long et pénible.

Enfin ils découvrirent une planche de bois qui portait des inscriptions en trois langues : en latin, en germain et en runes, des caractères magiques. Toutes disaient :

« CI-GÎT OSTROGOTHO.
NE TOUCHE PAS À SA TOMBE. »

Malheureusement, les brigands ne savaient pas lire. Tout ce qu'ils virent, c'était que la planche fermait un sarcophage !

Elle était chaude mais, ça non plus, ils n'y prêtèrent pas attention, ils le mirent sur le compte du soleil.

Excités par leur découverte, ils cassèrent avec des cailloux les chevilles de bois qui maintenaient le couvercle et soulevèrent…

Ils n'eurent pas le temps de voir si le sarcophage contenait des richesses, ni même le corps qui y était enfermé. Il y eut une explosion et ils furent projetés en arrière. L'arrivée d'air avait redonné vie au feu qui couvait. Des flammes s'élevèrent aussitôt, jetant alentour leur éclat rouge et jaune. Et, au milieu de leur crépitement, une silhouette se redressa. Un garçon d'une quinzaine d'années, vêtu de fourrures, les cheveux noués sur le haut du crâne à la mode des Francs.

D'un œil surpris, il observa les environs. Il se trouvait dans un trou, et deux cadavres calcinés étaient étendus sur le sol. Des saletés de pauvres, d'après leurs vêtements. Ils avaient voulu le détrousser, et voilà… Il ricana.

Son rire se figea peu à peu. Il ne reconnaissait rien autour de lui. Des pans de murs effondrés et noircis au milieu d'une forêt. Où était-il ?

À ses pieds, gisaient son épée et son poignard. Il les ramassa et les raccrocha lentement à sa ceinture, un peu inquiet. C'est alors qu'il comprit où il se trouvait. Dans un sarcophage ! Il sauta sur le sol et courut se coller à un mur.

Aucun mouvement, nulle part.

Ce sarcophage… Est-ce que cela signifiait qu'il était mort ?

Quelque chose sur la langue le gênait. Il retira… une pièce d'or !

… Une pièce comme on en mettait dans la bouche de ceux qu'on enterrait, pour payer leur passage au royaume des morts !

Il en fut sidéré. Il venait donc de ressusciter ?

Et les deux ordures qui gisaient là étaient des pilleurs de tombes ?

Éclatant de rire, il glissa la pièce dans sa ceinture.

Eh bien ils avaient eu tort de s'attaquer à lui !

Il se tâta. Il avait l'air jeune… et il avait deux tiges de fer plantées dans la poitrine. Deux armes si rongées par le temps qu'elles se détachèrent toutes seules quand il tira dessus. Elles avaient une forme de harpon. Était-ce ça qui l'avait tué ?

Il ne se souvenait de rien, pas même de son nom.

Il examina les cadavres. Il avait l'impression que c'était lui qui les avait mis dans cet état, et non pas une malédiction. Ses yeux revinrent vers le sarcophage… qui s'embrasa aussitôt ! Un sentiment de jubilation monta en lui.

— Je serais sorcier ?

Et, à sa grande surprise, il entendit :

— Tu l'es.

Les flammes lui répondaient ! Et elles continuaient :

— Tu te réveilles d'un sommeil de plus de deux cents ans.

— Quoi ? Et comment je m'appelle ?

— Tu n'as pas de nom.

— Très bien, j'en trouverai un. (Il regarda autour de lui.) C'est quel pays, ici ?

— L'Austrasie.

— Connais pas. C'est où ? Qui en est le roi ?

— Le royaume des Francs, qui occupe le nord de la Gaule, est divisé entre Austrasie et Neustrie. L'Austrasie va de Cologne à Reims. À l'ouest, c'est la Neustrie jusqu'à la frontière de Bretagne. Elles sont gouvernées par les descendants de Mérovée.

Le sorcier réfléchit. Ce nom de Mérovée lui disait vaguement quelque chose. Il demanda :

– Des deux rois, lequel est le plus important ?

– Actuellement, il n'y en a qu'un pour les deux royaumes. Son nom est Dagobert III[1]. Mais pour ce qui est de l'importance (la voix faiblissait en même temps que la flamme), le maire du palais est plus puissant…

– *Maire du palais* ? Qu'est-ce que c'est ? Et où est ce palais ?

– *Palais* ne désigne pas… un édifice. (La flamme vacilla.) Le maire du palais est… le chef du gouvernement. Et celui qui…

Il y eut un blanc.

– Celui qui quoi ? s'impatienta le sorcier.

Un dernier crépitement chuinta :

– … n'a que six ans.

– Qui ? Qui n'a que six ans ? Je n'ai pas compris !

Mais le feu s'était éteint.

Le sorcier resta un moment figé par la colère, puis il se détendit. Peu importait ! L'homme le plus puissant n'était plus le roi… C'était bon pour

---

1. Descendant du célèbre Dagobert Ier sur lequel on a fait une chanson.

lui, ça ! Parce que ça voulait dire qu'il n'était pas nécessaire d'être fils de roi pour devenir le vrai maître du pays.

Donc il deviendrait le maître !

Car il était homme de pouvoir, il en était certain.

Pour prendre le pouvoir, il lui fallait une armée. Il y avait deux royaumes, l'Austrasie et la Neustrie. Il serait facile de monter l'un contre l'autre.

Oui, il allait susciter une guerre et utiliser les hommes à son profit. Il se sentait doué pour la persuasion.

Pour commencer, il allait voler un cheval.

2
Mauvaise surprise

Morgana regarda autour d'elle. Elle n'avait aucune idée de l'endroit où elle se trouvait ni de la manière dont elle y était arrivée. Pourtant, le paysage ne l'étonnait pas. Des chaumières en train de brûler étaient un spectacle qu'elle avait l'impression d'avoir vu souvent. Trop. L'air était chargé de l'odeur âcre des fumées.

Elle regarda avec appréhension autour d'elle. Elle était assise au milieu d'un campement militaire. Des soldats et des serviteurs allaient et venaient sans s'occuper d'elle. La lumière semblait celle d'une fin d'été. Elle portait une robe jaune et une cape couleur d'automne qui ne lui rappelaient rien. Ça l'inquiéta. Avait-elle perdu la mémoire ?

Son regard fut soudain attiré par une inscription sur son bras : « Je suis Morgana, je dois retrouver Pétrus et Windus et me méfier du Quatrième. »

… Qui étaient ces personnes ? Pourquoi devait-elle retrouver les uns et fuir l'autre ?

Le plus curieux était qu'elle revoyait la main qui écrivait ça… sans savoir pour autant à qui elle appartenait.

Un cri lui fit lever la tête. Près d'une tente richement décorée, une femme, affolée, se penchait sur un enfant allongé par terre. Le petit n'avait pas plus de cinq ou six ans, et son aura s'était déjà teintée du gris violacé des malades du cœur.

Sans réfléchir, Morgana se précipita et lui posa la main sur la poitrine. Les pulsations reprirent aussitôt sous sa paume, et le garçon rouvrit les yeux.

– Ce n'était rien, dit-elle.

Bouleversée, la femme s'exclama :

– Tu as sauvé la vie de mon petit-fils ! Tu l'as sauvé ! (Elle serra l'enfant contre elle.) Le royaume te sera éternellement reconnaissant.

Le royaume ? Cet enfant était-il un prince ? Morgana protesta :

– Je n'ai rien fait, il s'agissait d'une fausse alerte.

Pourtant, elle réalisait que, d'après la couleur de son aura, le petit garçon aurait dû mourir.

Comment savait-elle cela ? Car elle le savait, et c'était pour ça qu'elle était intervenue.

Intervenue… Elle regarda ses mains. Elles étaient auréolées d'un vert brillant.

– Que tu sois ou non guérisseuse, reprit la femme, tu nous portes chance. Je t'engage à mon service. Qui es-tu ?

– Je m'appelle Morgana. (Et, sans le vouloir, elle enchaîna.) Je cherche Pétrus et Windus.

– Je ne les connais pas…

Elle non plus, hélas. Pourtant elle trouvait à leurs noms une douceur familière.

Non, vraiment elle n'y comprenait rien. Elle ignorait même où elle se trouvait et qui étaient ces gens autour d'elle. Mais comment s'informer de ce qui était sans doute une évidence ? Finalement, elle tenta :

– Il est vrai que votre petit-fils est très important malgré son jeune âge…

– Oui, maire du palais, la fonction la plus haute du royaume ! Il l'a héritée de mon défunt mari.

Le titre de maire du palais n'évoquait rien à Morgana. Elle prononça prudemment :

– Il est presque aussi important que le roi…

La femme baissa la voix :

– Entre nous, plus important. Les rois ne sont qu'un ornement, c'est le maire du palais qui gouverne. Aussi, je tiens à garder la place pour mon petit-fils. J'assure la régence.

Morgana en fut sidérée.

– Mais comment savez-vous si votre petit-fils sera un jour capable de conduire le royaume ?

Plectrude fronça les sourcils :

— Les rois se succèdent bien de père en fils sans qu'on se pose la question ! Qui es-tu pour parler ainsi ?

Morgana se tut. Qui était-elle, en effet ?

— Pardonnez-moi, souffla-t-elle enfin en baissant les yeux.

Et elle songea que, pourtant, l'hérédité n'avait pas réussi aux rois, puisqu'ils avaient perdu le pouvoir.

Plectrude, contente de trouver une occasion de changer de sujet, s'exclama :

— Voici justement Dagobert, notre roi !

Elle désignait un adolescent à l'air boudeur qui descendait d'un chariot à bœufs. Ses cheveux blonds étaient ondulés au fer à friser, et son aura présentait le jaune rougeâtre des médiocres.

— Qui c'est, celle-là, Plectrude ? grommela-t-il.

– Une jeune fille merveilleuse, répondit la femme. Elle a sauvé votre maire du palais !

– Ah ouais ? Hé ben tant mieux.

Et le jeune roi s'éloigna.

Morgana se dit alors qu'elle rêvait. Ça expliquerait pourquoi elle se trouvait dans un pays inconnu, gouverné par un roi de quinze ans et un maire du palais de six !

Elle tressaillit. Une aura terrible venait vers eux, noire, striée de brun et de rouge. Pas plus de seize ans, mais un vrai danger. Elle s'inquiéta à voix basse :

– Qui est ce jeune homme ?

– Bodilo, répondit Plectrude. Il remplace pour l'instant notre jeune maire du palais pour commander l'armée dans cette guerre en Neustrie.

Morgana en resta figée. Si on faisait abstraction de son aura, ce Bodilo était plutôt beau garçon et pouvait tromper son monde. Il était habillé à la mode d'ici, tunique à somptueuse ceinture, élégantes braies[1] et chaussures dorées d'où partaient de longues bandes qui montaient en s'entrecroisant sur ses mollets. Tout était neuf, volé sans doute dans une riche maison. Levant à bout de bras un sarment de vigne portant une grappe de raisin encore vert, il annonça :

1. Genre de pantalon.

– Voilà le travail. On a tout ratissé, saccagé, arraché.

– Attention tout de même, avertit Plectrude. Piller la Neustrie pour montrer sa puissance, d'accord. Mais la dévaster au point qu'elle ne donne plus ni fruits ni vin pendant des années n'est pas raisonnable. N'oublie pas que ces terres appartiennent aussi à Dagobert.

Le jeune chef d'armée ricana :

– Toujours tes scrupules, Plectrude ! Ce n'est pas avec des scrupules qu'on gouverne un grand royaume ! Si tu veux garder la Neustrie et l'Austrasie entre les mêmes mains, avec un seul roi et un seul maire du palais, tu ne dois céder sur rien.

Ses yeux tombèrent sur Morgana, et il la fixa d'un air suffoqué. Puis un sourire goguenard se dessina sur son visage.

3
Un vrai danger

Morgana s'éveilla, oppressée, comme si un danger pesait sur elle. Elle se rappela qu'elle dormait près du jeune maire du palais sur lequel elle devait veiller et ouvrit vite les yeux. Le jour éclairait à peine la tente. Quelque chose pesait réellement sur sa poitrine ! Elle se redressa, et une masse sanguinolente tomba sur le sol.

Un rire grinça alors près d'elle. Bodilo ! Assis dans un angle de la tente, il ne la quittait pas des yeux. Elle se raidit. Son regard était très impressionnant. Heureusement que son aura le dénonçait, sinon, rien qu'en fixant ainsi les gens, il pouvait les pousser à faire n'importe quoi.

– C'est un cœur de chat-huant, dit-il d'un ton moqueur. Pour te faire révéler tes secrets.

Morgana en fut effrayée :

– Quels secrets ?

– Eh bien… je sais que tu recherches deux garçons auxquels tu tiens beaucoup.

Bodilo se leva, s'approcha d'elle et lui tordit le bras avec une violence dont il ne semblait même pas avoir conscience. Il lut :

– « Je dois retrouver Pétrus et Windus ». Qui est-ce ?

Le début et la fin du message s'étaient effacés par frottements durant la nuit ! La fin, Morgana s'en souvenait : « me méfier du Quatrième ». Elle ignorait qui étaient les deux premiers, mais « le Quatrième » désignait Bodilo, elle en était sûre !

Refoulant sa frayeur, elle déclara :

– Pétrus et Windus sont mes frères.

Elle espérait que leur existence supposée la protégerait de ce terrible chef d'armée. Mais Bodilo avait l'air de s'en moquer. Il reprit :

– Tu as dit aussi que tu étais la fille d'un « canduite ». Qu'est-ce que c'est ?

Un canduite ? Avait-elle réellement prononcé ce nom ? Elle répondit :

– C'est un homme doué de pouvoirs magiques. Si tu me touches, il te réduira en cendres, où qu'il se trouve.

Elle réalisa soudain que ce mot qu'elle avait dit était sans doute « grand druide », et que ce personnage avait vraiment existé, même si elle se sentait incapable de se rappeler qui il était.

– Oh oh ! ricana Bodilo. Voyons ça…

Il sortit son poignard et, avant qu'elle ne comprenne, lui en stria violemment la joue.

La lame ne l'entailla pas ! Morgana vit la stupéfaction dans les yeux de son agresseur. Il ricana néanmoins :

– Tu as vu, si je veux… Alors je te conseille de filer doux !

Et il quitta la tente.

Atterrée, Morgana le regarda sortir et murmura :

– Il n'a pas d'âme…

Elle ignorait pourquoi elle disait ça.

Elle remit les pieds sur terre en voyant Plectrude entrer.

– Comment mon petit-fils a-t-il passé la nuit ?

– Bien, répondit-elle, encore troublée.

– Bodilo a insisté pour veiller sur lui. Il craint que quelqu'un ne profite de son état de santé pour provoquer sa mort.

Morgana ne répondit pas. À son avis, ce Bodilo était plutôt à ranger dans la catégorie de ceux qui provoquaient la mort. Plectrude ne le voyait-elle pas ? Personne ne le voyait-il ?

Elle comprit soudain. Les autres ne percevaient pas les auras ! Elle s'inquiéta :

– Vous pensez que quelqu'un voudrait éliminer votre petit-fils ?

– Je ne vois pas qui. Enfin, à part Charles Martel, qui se croit l'héritier de mon époux… (Plectrude éleva la voix.) Alors qu'il n'est que le fils d'une concubine ! Mais j'ai pris soin de le boucler en prison, il n'est plus un danger.

– Il n'est pas ici ?

– Non, il est chez nous, en Austrasie ! (Elle soupira.) J'ai hâte d'y retourner. Quand Bodilo aura fini de mater les révoltes en Neustrie… Car il a raison, l'Austrasie et la Neustrie doivent rester un seul royaume, comme au temps de Clovis !

– La Neustrie ne reconnaît pas Dagobert comme roi ? s'informa Morgana.

– Si ! Mais elle ne reconnaît pas mon petit-fils comme maire du palais !

Morgana en fut sidérée. Le roi acceptait que la moitié de son royaume se batte avec l'autre pour lu imposer un maire de six ans ?

Alors non, il n'était plus rien.

Et malheureusement, elle ne rêvait pas. Comment se trouvait-elle là, avec une armée qui menait une guerre odieuse ?

On entendit des gémissements, puis une servante surgit à l'entrée de la tente et, très énervée, cria :

– La reine va accoucher ! La reine va accoucher !

Plectrude se leva alors et sortit pour se diriger vers le chariot du roi en ordonnant :

– Qu'on appelle la sage-femme !

4
Un petit prince
bien menacé

Tout le jour, toute la nuit, et tout le jour suivant, la jeune reine gémit et cria. La sage-femme ne savait plus que faire. Pas une seule fois Dagobert ne s'inquiéta de son épouse. N'en pouvant plus de cette souffrance solitaire, Morgana quitta la surveillance de son petit malade pour monter dans le chariot.

Dès qu'on avait franchi les épaisses plaques de cuir qui le fermait, on découvrait un intérieur d'un grand confort, habillé de tentures dorées et de coussins brodés. Sur un luxueux matelas, une jeune fille guère plus âgée qu'elle se mordait les poings de douleur. Morgana ne connaissait rien aux accouchements, elle espérait juste que sa présence aurait un effet bénéfique.

Une lueur attira soudain son regard dans un angle du chariot. Un œuf. Entouré d'une aura malsaine.

— Qu'est-ce que c'est ?

La sage-femme se raidit.

– Mon Dieu ! Un œuf de corbeau ! Qui l'a mis ici ?

Elle se précipita pour le saisir et l'envoya s'écraser dehors en criant :

– De la sorcellerie ! Voilà ce qui empêche la reine d'accoucher !

Morgana en fut sidérée. Un sorcier voulait contrarier la naissance du futur héritier du trône ? Qui ?

Elle fut prise d'une terrible oppression. Le même qui avait posé un cœur de chat-huant sur sa poitrine !

Le Quatrième… Soudain, elle n'avait plus aucun doute. Cet avertissement inscrit sur son bras désignait Bodilo.

Cependant, un « Quatrième » impliquait qu'il y ait trois autres personnes. Windus et Pétrus… et elle ?

La jeune reine gémit de nouveau. Morgana s'assit vite près d'elle et lui prit la main.

Quelques instants plus tard, le nouveau-né poussait son cri. C'était un garçon. Morgana l'enveloppa dans un châle et le déposa contre sa mère en chuchotant :

– Faites-y très attention. Allaitez-le vous-même et ne laissez personne vous le prendre. Comment s'appelle-t-il ?

– Thierry, souffla la jeune maman, exténuée. Il s'appelle Thierry.

Le petit Thierry était en danger de mort, c'était certain, mais qu'y faire ?

– On repart ! claironna Bodilo sans égard pour l'épuisement de la jeune accouchée à qui les cahots de la route pouvaient être fatals.

L'ordre se répercutant, les hommes se levèrent, prêts à s'affairer. Bodilo ajouta alors :

– Par votre bravoure, guerriers, vous avez écrasé la Neustrie !

Les hommes s'interrompirent, et il y eut des cris de joie.

Leur chef finit en levant les poings :

– Tous à Compiègne ! Nous allons nous installer au palais de Neustrie !

Cette fois, les guerriers saisirent leur bouclier et frappèrent dessus avec leur lance en un joyeux vacarme. Une capitale, c'était un gros butin en perspective !

On plia le camp, et Morgana, le cœur serré, se demanda que faire. Elle avait envie de fuir et, en même temps, hésitait à abandonner à leur sort la reine et le petit prince. Déjà, le long cortège de piétons, de chariots et de chevaux s'ébranlait. L'aura rouge et noire s'agitait dans tous les sens, lançant des éclairs d'excitation. Bodilo préparait visiblement quelque chose…

Elle resterait. Oui. Elle était la seule à pouvoir le contrer, elle en était certaine, même si elle ne savait pas expliquer pourquoi.

Elle monta dans le chariot de la reine et s'assit près de l'ouverture pour surveiller les environs en écartant les plaques de cuir.

Pendant longtemps, on ne traversa que champs dévastés et villages brûlés où des cadavres pourrissaient au soleil. Puis on s'enfonça dans la forêt.

Cela ne soulagea pas Morgana. Elle se sentait au contraire de plus en plus oppressée…

5
Le piège

Plus on avançait, plus les arbres se serraient les uns contre les autres, capturant toute lumière. On n'entendait que le pas lourd des bœufs et le grincement des roues. L'angoisse montait en Morgana, comme si une menace terrible guettait.

Soudain, à son grand soulagement, la forêt s'ouvrit et elle aperçut une longue palissade protégeant des bâtiments de bois. Était-ce un village ? Il paraissait intact.

Elle demanda :

– Majesté, connaissez-vous cet endroit ?

La reine regarda dehors et répondit :

– C'est l'abbaye de Chelles.

– Une abbaye ?

– Oui, un couvent, un monastère… Celui-ci abrite des femmes. N'en as-tu jamais vu ?

– Je… n'ai guère voyagé. Je n'imaginais pas qu'il y avait autant de chrétiens.

– Tout le monde est chrétien, Morgana ! Depuis

que le roi Clovis s'est fait baptiser à la demande de sa femme Clotilde !

Clovis… Clotilde… C'étaient pourtant des noms familiers. Morgana se sentit confuse.

– Excusez-moi, majesté, je suis très ignorante…

– Pour certaines choses, peut-être, dit la reine avec un pâle sourire. Mais pour l'essentiel… tu es la seule personne en qui j'ai confiance. Je me sens si bien près de toi.

La jeune reine se remettait de manière étonnante. On pensait que c'était dû à son jeune âge, cependant Morgana n'avait plus aucun doute : c'était elle qui avait permis à la reine de mettre au

monde son enfant et qui lui avait redonné des forces. Et elle avait aussi sauvé le jeune maire du palais. Il était clair que ses mains possédaient le don de guérison, et que celui-ci avait un rapport avec l'aura verte qui les entourait.

Cela lui donnait-il des responsabilités vis-à-vis des autres ?

Elle tourna les yeux vers l'abbaye.

– Un monastère de femmes… C'est ce qu'il vous faut, majesté ! (Elle se leva et ôta vite sa cape.) Échangeons nos vêtements. Vous descendrez en dissimulant l'enfant contre vous.

– Que dis-tu ?

– Que le petit prince et vous-même êtes en danger de mort.

– Je suis la reine des Francs ! On me protège !

– Majesté, quelqu'un a déjà voulu empêcher votre fils de naître. Je vous en supplie, courez jusqu'à l'abbaye et demandez protection. Avec ma cape, les soldats d'escorte vous prendront pour moi.

– Mais mon époux sera furieux…

– Je me demande même s'il s'en apercevra, soupira Morgana. Et, dans ce cas, il reviendra vous chercher quand il n'y aura plus de danger. Dépêchez-vous, je vous en conjure !

La reine avait à peine disparu qu'on s'enfonçait de nouveau dans des bois sombres, frémissant d'une sourde menace. Soudain les éclaireurs hurlèrent :

– Alerte ! On nous attaque !

Le convoi s'immobilisa, et Bodilo s'exclama :

– C'est un piège !

Mais son ton donna à Morgana l'impression qu'il l'avait lui-même organisé. D'ailleurs, au lieu de défendre le convoi, il se précipita vers le chariot royal, souleva la plaque de cuir… et se trouva nez à nez avec elle. Un instant interloqué, il lâcha finalement :

– Sors d'ici, je dois protéger la reine !

Morgana sauta sur le sol sans protester, et il s'introduisit dans le chariot.

Il était vide !

Il en ressortit aussitôt et, son aura vibrant de fureur, chercha Morgana des yeux. Elle s'éloignait ! Il sauta à cheval, fonça sur elle, l'arracha du sol et la jeta devant lui en travers de l'encolure. Puis il cria :

— Dagobert, viens avec moi, je vais te mettre en sécurité !

Et ils s'élancèrent tous deux au grand galop.

Sans chef, les soldats ne savaient plus que faire. Ils se battaient au corps à corps pour défendre leur vie, c'était tout. Depuis son chariot, Plectrude, atterrée, suivait les combats. Où Bodilo emmenait-il sa guérisseuse ? Où allait-il mettre le roi en sécurité ? Elle n'aurait jamais dû l'écouter. C'est lui qui avait voulu venir saccager la Neustrie pour montrer leur puissance et, à l'instant fatidique, il n'était plus là !

Rassemblant son courage, elle ordonna :

— Retraite ! Sonnez la retraite !

Et tandis que son chariot amorçait un demi-tour dans la pagaille générale, elle serra contre elle son petit-fils terrifié. L'enfant était sur le point de faire un nouveau malaise. Sa guérisseuse ! Il fallait que Bodilo ramène sa guérisseuse !

6
Trahison

Morgana avait terriblement mal aux côtes. Bodilo la maintenait, de son pied, à plat ventre sur l'encolure, l'empêchant de bouger.

De l'arrière arriva la voix geignarde du roi :

– Où allons-nous, Bodilo ?

Le chef de l'armée ne répondit pas. Il grogna à Morgana :

– C'est toi qui as trouvé l'œuf de corbeau, hein ? Eh bien tu as eu tort. Le gosse serait mort sans souffrir. Maintenant, je vais devoir le tuer.

Il faudrait déjà le retrouver, songea Morgana, car, à cette heure, Thierry était à l'abri.

– Où allons-nous, Bodilo ? Dis-le-moi !

Le chef d'armée ralentit et répondit :

– Nous sommes arrivés, sire. (Et il cria vers l'avant.) Ne tirez pas ! Abaissez vos arcs ! Nous vous rejoignons !

Dagobert s'enquit d'une voix un peu raide :

– De quoi parles-tu ? Rejoindre qui ?

– Ceux de Neustrie.

– Ceux… quoi ? Je croyais que tu les détestais et que c'était pour ça qu'on faisait la guerre !

– Ne t'inquiète pas. Tu es aussi leur roi, et ils n'ont aucun autre descendant de Mérovée à se mettre sous la dent. Ils seront contents de t'avoir avec eux.

Dagobert grommela :

– Je n'aime pas ton expression « sous la dent ».

Il était un peu tard, les cavaliers de Neustrie les entouraient.

– Rengainez les épées, ordonna Bodilo, je vous amène Dagobert, votre roi. Quant à l'avorton qui se prétend maire du palais, vous ne l'avez plus dans les pattes, il est mort. En conséquence, Plectrude n'est plus régente, donc elle n'est plus rien. L'armée d'Austrasie est à votre merci.

L'enfant n'était pas mort, pourtant personne ne mit en doute les paroles de Bodilo ! Il n'y avait que de la surprise sur les visages. C'est tout ce que vit Morgana. Elle fut jetée au sol.

– Celle-là, vous n'y touchez pas, c'est ma femme. (Bodilo leva les bras.) Et vous avez devant vous le nouveau maire du palais ! Je viens sauver votre royaume ! Vive la Neustrie !

Son pouvoir de persuasion était si stupéfiant que Morgana elle-même faillit croire qu'il avait vraiment conquis ce titre. Elle comprit encore mieux le « me méfier du Quatrième ». Bodilo venait de mettre la Neustrie à feu et à sang, et il se faisait passer son sauveur !

Elle se releva et voulut crier aux guerriers de ne pas écouter, qu'il les trahirait comme il venait de trahir ceux d'Austrasie… puis elle changea brusquement d'idée et se servit de l'ambiguïté des paroles du chef de guerre :

– Oui, le nouveau maire du palais est parmi vous, je l'ai vu ! (Elle prit un air pénétré et désigna de la main un cavalier.) Le ciel m'a révélé que celui-ci sera votre chef.

Elle avait choisi un homme à l'aura rouge, un peu clair (signe d'impulsivité), mais bordé d'un mauve témoignant d'une certaine sagesse.

Abasourdi, Bodilo réagit en lui expédiant un violent coup de pied… qui ne l'atteignit pas, car sa jambe se bloqua. C'était la deuxième fois que cela arrivait. Morgana se demanda s'il n'était pas impossible à Bodilo de la blesser. Mais pourquoi ?

Les guerriers commençaient à chuchoter entre eux, et l'homme désigné se redressait peu à peu, de la fierté dans le regard. Morgana sut alors qu'il ne se laisserait plus déposséder de sa chance. Il ramena le silence et déclara :

– Si vous voulez que je devienne votre maire du palais, il faut le confirmer par votre vote.

Une clameur s'éleva aussitôt, et les lances s'agitèrent.

– Rainfroi ! Rainfroi ! Rainfroi maire du palais !

La puissance de l'acclamation lui donnait l'accord de tous ! Morgana recommença à respirer. Par sa connaissance des auras, elle avait vu juste : le dénommé Rainfroi était le mieux placé pour rassembler les suffrages.

L'aura de Bodilo, elle, irradiait de fureur. Puis le noir se nuança du jaune sale de la ruse et, au lieu de protester à grands cris, il se pencha vers l'oreille du roi.

– Dis-leur que je suis ton cousin et que tu me choisis comme chef de tes armées. Je ferai de toi le roi le plus puissant de la terre…

Il était si préoccupé qu'il ne prêta pas attention à Morgana, qui faisait un pas en arrière, un autre, encore un… Elle était persuadée que Bodilo convaincrait Dagobert de lui confier le pouvoir militaire, même s'il n'était pas maire du palais. Elle continuait de reculer. Elle devait rejoindre Plectrude, la convaincre de quitter au plus vite la Neustrie et de rentrer à Cologne.

Arrivée sous le couvert des arbres, elle tourna enfin le dos à l'ennemi et se mit à courir.

Elle traversa le champ de bataille en bondissant par-dessus les cadavres, c'était horrible. Où étaient Pétrus et Windus ? Elle voulait les retrouver ! Elle ne se demandait plus QUI ils étaient, juste OÙ ils étaient. Et elle les appelait de toute la force de son âme.

Apercevant un cheval sans cavalier, elle sauta en selle et prit le galop.

7

Le prisonnier de Cologne

Windus remarqua que le juge qui l'avait engagé comme secrétaire l'appelait Windric, son nom d'origine. Il faut dire qu'on était à Cologne, à l'est de l'Austrasie, et que le pays était surtout peuplé de Germains comme lui. En tout cas, il avait eu de la chance de trouver un emploi aussi vite après sa réapparition sur Terre.

Drôle de réapparition, d'ailleurs. Très brusque ! Et il n'y avait à cela qu'une explication possible : le Quatrième était revenu brutalement aussi.

Par quel sortilège avait-il quitté sa tombe ? Un avertissement était pourtant inscrit sur le couvercle du sarcophage pour que personne n'y touche. En latin, en germain et même en runes, ces caractères anciens des pays nordique, porteurs de magie. Les pouvoirs du Quatrième s'étaient-ils donc décuplés ?

Son sang ne fit qu'un tour. Et Morgana qui se

trouvait près de lui au moment de leur disparition[1] ! Elle avait sans doute réapparu avec lui. Pourvu qu'il ne lui arrive rien ! Où était-elle ?

Il réfléchit. Il rencontrerait d'abord Pétrus, puisqu'ils étaient partis ensemble ; il était même, à cet instant, en train de lui écrire une phrase sur le bras pour qu'ils se retrouvent plus facilement.

Il serra dans sa main la dent d'ours qu'il portait en pendentif depuis toujours et remarqua qu'elle était accompagnée d'un autre objet. Une croix chrétienne ! Le christianisme s'était-il répandu au point qu'il l'ait adopté ? En tout cas, la progression de cette religion de paix n'empêchait visiblement pas la guerre...

Il entra dans la prison derrière le juge. Celui-ci annonça au gardien :

— Je viens faire la liste des détenus qui attendent leur procès.

Windric posa sur son bras sa tablette de cire pour noter ce que le gardien répondait :

— Ça va être vite fait. On a deux coupe-bourses, un voleur d'oies, un homme qui a tué sa femme et un garçon bizarre.

Au moment d'écrire « bizarre », Windric s'intéressa :

— Qu'a-t-il fait, celui-là ?

1. Voir *Le sceau de Clovis*.

Le gardien désigna une gourde en or posée dans une niche du mur. Éblouissante de beauté.

– Il prétend l'avoir fabriquée pour conserver son eau… parce qu'il avait soif ! Et en faisant fondre des pièces d'or lui appartenant ! Qui peut croire des bêtises pareilles ? Il a plutôt voulu faire disparaître des pièces provenant d'un vol.

Windric regarda l'objet avec amusement. Ça ne pouvait être que l'œuvre de Pétrus. Et l'idée de fondre son or pour se fabriquer une gourde au lieu d'en acheter une en peau de chèvre lui ressemblait bien ! Pétrus se moquait de l'argent, seuls l'intéressaient les défis artistiques. Il intervint :

– Il a dit vrai. Je le connais, il s'appelle Pétrus et est très riche. Il n'a sûrement pas volé ces pièces. D'ailleurs, quelqu'un a-t-il déclaré un vol ?

Le juge consulta les plaintes : vol de porcs, de ruches, d'esclaves, d'un cerf domestique, de clôtures… mais de pièces d'or, non. Il décréta :

– Voilà qui m'arrange, fais-le sortir, nous avons besoin de place. Pour ce qui est des autres… (Il réfléchit.) Les voleurs, quinze sous d'amende, le meurtrier de son épouse, cinquante sous.

Windric nota soigneusement l'ordre de libération de Pétrus et le reste. Le juge ajouta à l'attention du gardien :

– Et fiche-les dehors en vitesse. Plectrude et nos guerriers reviennent, et ils sont poursuivis par ceux de Neustrie. On va se battre, et je préfère loger des prisonniers de guerre, qui peuvent nous rapporter des rançons, plutôt que des petits voleurs ou des criminels.

Le gardien ouvrit la première cellule et y passa la tête.

– Le dénommé Pétrus, dehors !

Le prisonnier ne devait pas être attaché, car on entendit son pas s'approcher. Déjà, le gardien et le juge s'éloignaient le long du couloir pour libérer les autres.

Resté seul, Windric fixa le trou noir de la porte avec un pincement au cœur.

8
L'autre prisonnier

Quel soulagement ! Celui qui sortait était le Pétrus de toujours. Teint mat, richement vêtu d'une tunique de soie rouge, de braies fines et d'une belle cape de laine tissée, mais les cheveux noirs en bataille, genre hérisson qui a mal dormi.

Il lui chuchota avec amusement :

– C'est bon, la liberté, hein, Pétrus ?

– Euh… Tu me connais ?

– Toi aussi tu me connais. (Windric lui désigna la phrase inscrite son bras.)

– Tu es… Windus ?

– Aujourd'hui Windric. À la bonne heure, je vois que tu te souviens.

– Euh… je sais juste que c'est écrit là.

Windric rit.

– Ah ! Ce type de message est encore insuffisant pour quelqu'un qui ne garde aucune mémoire du passé ! Nous avons déjà vécu plusieurs vies ensemble. Je te raconterai. Ce qui m'intrigue, c'est que, d'ordinaire, nous naissons et nous grandissons dans une famille, comme tout le monde, mais là… je ne me connais ni maison ni parents.

— Moi non plus, fit Pétrus avec surprise. Et je ne comprends rien à ce que tu racontes. Nous avons eu plusieurs vies ?

— Je suis le seul à me les rappeler, parce que mon don est la mémoire, comme le tien est l'art. Pour l'instant, sache que nous réapparaissons toujours sur Terre en même temps, mais pas forcément au même endroit, et que nous nous retrouvons au plus tard à douze ans. Or nous venons à peine de réapparaître…

— Et nous avons l'air d'avoir déjà douze ans, convint Pétrus, toujours ébahi.

— C'est ce qui m'inquiète. Nous avons été rappelés en urgence, nous risquons donc d'avoir à intervenir très vite.

Bien qu'il ait un peu de mal à suivre, Pétrus ne prenait pas ce garçon pour un fou. Curieusement, il avait même confiance en lui. Il s'étonna :

— Intervenir sur quoi ? Et rappelés par qui ?

— Ça, mystère… Tout ce que je peux te dire, c'est que nous avons une mission de paix.

Pétrus regarda de nouveau son bras, essayant de se souvenir du moment où la phrase avait été écrite, puis il désigna l'autre nom.

— Morgana…, soupira Windric. Je ne sais pas

où elle est. Oui, nous sommes trois. Morgana qui porte un nom celte signifiant « née de la mer », toi, le Romain dont le nom veut dire « la pierre », et moi, le Franc, avec le nom du vent, « Wind ».

– Pierre, eau, vent… (Pétrus rit.) Il ne manque que le feu !

– Il existe aussi, malheureusement. Il est le Quatrième, et c'est à cause de lui que nous sommes là.

Pétrus s'inquiéta :

– Ça n'a pas l'air d'être une bonne nouvelle. Il est à Cologne ?

– Je ne crois pas. Mais comme il change de visage et de nom à chacune de ses vies…

– De mieux en mieux !

– Rassure-toi, Morgana sait le reconnaître : elle voit les auras et d'après elle, celle du Quatrième est noire, zébrée de brun et de rouge. La pire combinaison. Ruse, méchanceté, arrivisme, avec une terrible influence sur les autres.

– Rassurant, tout ça…

– C'est pour l'empêcher de nuire que nous revenons sur Terre, expliqua Windric. Et l'époque lui est favorable, avec l'Austrasie qui est en guerre contre la Neustrie… Il adore les périodes troublées et s'y connaît comme personne pour en profiter. Quand il ne sème pas lui-même la discorde !

Il songea que le Quatrième n'avait pas encore pris le pouvoir, puisque le trône était occupé par

Dagobert III. En revanche, le bruit courait que le petit maire du palais était mort… Voilà où l'ennemi allait frapper !

Il s'exclama :

— Il faut vite trouver un autre maire du palais pour l'Austrasie ! (Il réfléchit.) J'ai entendu dire que le précédent maire avait un fils d'une concubine, et que celui-ci a été enfermé par sa belle-mère Plectrude.

Pétrus sourit, le prit par le bras et le guida vers son ancienne cellule.

Dans un angle se tenait un homme jeune, grand, musclé qui, même avec les pieds attachés à une poutre, faisait forte impression. Pétrus s'amusa :

— Je te présente Charles Martel. Ce ne serait pas lui que tu chercherais, par hasard ?

Windric en fut suffoqué. Le prisonnier le plus

célèbre du royaume était ici ! Et il avait fière allure, malgré les circonstances. Pour remettre de l'ordre dans la pagaille qui régnait au royaume des Francs, il serait sûrement plus crédible qu'un enfant de six ans.

Windric ressortit aussitôt et rejoignit le juge :

— Il vous faut aussi d'urgence libérer le fils de l'ancien maire du palais !

— De quoi te mêles-tu ? fit le juge, choqué. Seule Plectrude peut donner cet ordre.

— Alors c'est la catastrophe ! Car l'armée de Plectrude est en débandade, et elle est poursuivie par celle de Neustrie qui marche sur nous. Qui va organiser la défense de la ville ?

Le juge parut embarrassé. Windric insista :

— Votre petit maire est mort. Si Charles Martel retrouve son influence, il pourrait se venger de ceux qui l'ont maintenu en prison.

Cette fois, le juge fut visiblement affecté, et Windric proposa :

— Relâchez juste votre surveillance, je me charge du reste.

Le juge dodelina de la tête comme s'il n'avait pas pris de décision, cependant il regardait ailleurs… tout comme le gardien.

Windric prit les clés à la ceinture de ce dernier et les lança à Pétrus, qui rentra aussitôt dans la cellule.

– Tout s'arrange, Charles, on te libère !

– Tiens tiens… Cette chère Plectrude aurait-elle changé d'avis ?

– Ça, il faudra attendre qu'elle revienne pour le savoir. En attendant, tu pourras remercier mon ami Windric.

Mais Windric pensait déjà à autre chose. À Dagobert. Il n'avait que quinze ans, était très influençable… et était passé en Neustrie sans explication.

L'explication, il la connaissait ! Le Quatrième était avec l'armée de Neustrie qui marchait sur eux !

9

Sous les remparts

Exténuée, l'armée d'Austrasie pataugeait dans les marécages, et Plectrude ne décolérait pas. À peine arrivés sous les remparts de Cologne, ils avaient appris que Charles Martel avait été libéré et acclamé par le peuple avec les mots : « Vive notre dux[1] ! »

Quelle horrible nouvelle !

Et le pire était que ce bâtard lui interdisait de rentrer dans sa propre ville !

Ses guerriers n'en pouvaient plus de fatigue, et la terreur les tenaillait, car ceux de Neustrie les talonnaient. Dans un jour au plus, ils seraient là.

Il ne restait que la prière.

Morgana, elle, n'arrivait plus à prier, elle avait trop froid. Il fallait agir, sinon ils mourraient tous, il fallait entrer dans la ville. Elle demanda à Plectrude :

1. *Dux*, qui a donné duc, signifiait « chef ».

– Ce Charles Martel, comment est-il ?

– C'est un bâtard ! ragea celle-ci.

– Je veux dire… Est-il de taille à conserver le pouvoir ?

– Bien sûr ! D'autant qu'il est intelligent. C'est pour cela que je me méfie de lui !

Mesurant soudain la portée de ses propos, elle s'interrompit net. Morgana observa :

– Plectrude, votre petit-fils est mort…

– Si ce maudit Bodilo ne t'avait pas enlevée, tu l'aurais protégé, et il serait toujours là !

– Nous le pleurons avec vous, Plectrude, mais nous devons résoudre les problèmes que pose sa disparition. Il vous faut un nouveau maire du palais.

Le visage de Plectrude se ferma. Morgana reprit :

– Vous ne voulez vraiment pas vous rallier à Charles Martel ? Vous préférez voir l'Austrasie tomber entre les mains de la Neustrie ?

Plectrude parut interloquée, puis elle soupira :

– La Neustrie, ce serait pire que tout. Elle se vengerait de ce que nous lui avons fait…

– Alors incitez vos soldats à rejoindre Charles Martel. Vous leur sauvez la vie et vous donnez à Cologne une chance de s'en sortir.

Plectrude la considéra avec surprise :

– Comment, si jeune, peux-tu montrer autant de maturité ? J'aurais aimé que notre Dagobert en ait seulement la moitié ! De la volonté, de l'honnêteté, du bon sens…

Morgana rit.

– J'ai vécu très longtemps…

Et, à cet instant, elle eut l'impression que c'était la vérité.

Elle regarda vers les remparts. Une silhouette venait d'apparaître sur le chemin de ronde. Elle était trop éloignée pour qu'on distingue autre chose que son aura, une aura qui mêlait le rouge des chefs au jaune de la raison, le tout irisé du vert de la rancune. Charles Martel, elle le pariait.

Surgirent alors à ses côtés deux autres auras. Brillantes, magnifiques. Une du bleu intense des artistes et une du jaune d'or des savants, et qui l'attiraient irrésistiblement. Elle insista :

– Il faut rentrer en ville. Je vous en supplie, dites à vos soldats que vous vous ralliez à Charles Martel !

Du haut des murailles, le nouveau maire du palais suivait des yeux le cheval qui s'avançait le long du fleuve.

– Tiens, tiens, ne serait-ce pas cette chère Plectrude qui vient nous rendre visite ?

La femme avait une certaine allure, et sa voix fut très nette quand, s'arrêtant au pied des remparts, elle annonça :

– Je demande à parlementer avec le maire du palais, Charles Martel.

Charles pouffa :

– « Le maire du palais » ! Notre douce Plectrude a la frousse. La voilà tout miel, amie sincère du « bâtard » de son mari. Eh bien, qu'elle mijote ! Ses souffrances finiront très vite. Regardez, les bannières de Neustrie flottent déjà sur l'horizon !

Windric prit un ton amusé :

– Et toi, Charles, qu'est-ce que tu aurais fait à sa place ?

– Comment ça ?

– Tu aurais gardé la fonction pour ton petit-fils ou tu l'aurais donnée à quelqu'un dont l'existence même te rappelle que ton conjoint t'a trompé ?

Charles Martel le regarda avec curiosité, puis il éclata de rire.

– Allez ! Laissons entrer cette pauvre vieille. Pour tout dire, on n'est jamais trop nombreux, et son armée nous sera bien utile.

Toutefois, songea-t-il aussitôt, pas question de s'abaisser à parlementer. Il enverrait des ambassadeurs. Il voyait très bien lesquels… D'une part, il avait toute confiance en eux, d'autre part, Plectrude serait vexée d'avoir pour interlocuteurs deux adolescents. Et ça, ça lui procurerait un plaisir royal !

Il grimaça et fit semblant de boiter.

– Oooh ! Je souffre malheureusement de ces douleurs que m'ont laissées mes chaînes… Je vais devoir vous envoyer à ma place.

Pétrus et Windric en riaient encore en descendant des remparts pour se diriger vers les portes de la ville. Ce n'est qu'au moment où on les ouvrit devant eux qu'ils s'aperçurent que Plectrude était accompagnée d'une jeune fille. Stupéfait, Windric souffla :

– Morgana…

Un grand sourire éclaira le visage de Pétrus. C'était donc elle ! Cela ne l'étonnait pas, elle lui plaisait infiniment. Et il avait soudain l'impression de retrouver enfin la partie de lui-même qui manquait.

10
Le froid de l'hiver

– Six ! annonça Plectrude.

Morgana ramassa les dés. Elle n'était pourtant pas au jeu. Elle se sentait en sécurité au palais de Cologne, mais les guerriers de Neustrie continuaient à saccager le pays, menés par un « jeune cousin du roi » dont personne n'avait entendu parler auparavant.

Morgana, elle, n'avait aucun doute sur son identité. Et depuis que Windric lui avait tout raconté sur eux, elle comprenait mieux qui était le Quatrième.

Sous son commandement, la Neustrie faisait en Austrasie ce que l'Austrasie avait fait chez elle. Elle pillait, brûlait, confisquait les troupeaux, coupait les fruitiers, arrachait la vigne et égorgeait tout ce qui bougeait. Bodilo savait comme personne exciter l'agressivité tapie au fond de chacun.

Et tous le suivaient ! C'était à désespérer du genre humain.

Morgana lança les dés.

Ce qui l'inquiétait le plus était que Windric et Pétrus accompagnaient l'armée partie l'affronter. Connaissant l'histoire guerrière des anciens peuples, Windric avait supplié Charles Martel d'éviter à Cologne un siège meurtrier et, donc, de faire sortir l'armée de la ville.

Mais pour offrir la sécurité aux habitants, ils couraient la campagne boueuse par le froid glacial de l'hiver.

Trois mois que les combattants s'entretuaient de l'aube à la nuit, dans les bois, sur les plateaux, au fond des ravins, et l'anxiété grandissait. On savait qu'ils avaient froid et faim. Et peur. Ils avaient gravé des croix sur les épées, se réunissaient pour prier autour des saintes reliques qu'ils avaient emportées, mais l'ennemi faisait de même, et Dieu ne devait plus savoir où donner de la tête.

Morgana bondit. Elle avait entendu le grincement des portes de la ville. Puis il y eut des cris de joie :

– L'armée rentre en ville !

De partout, les femmes et les enfants se ruèrent sur le parcours, partagés entre inquiétude et bonheur de voir revenir les hommes. Morgana, elle, ne ressentait que du soulagement.

– Je vous en prie, Plectrude, allons à leur rencontre !

La veuve de l'ancien maire ne put s'empêcher de faire la grimace. Elle se sentait plus vieille depuis la mort de son petit-fils, et la ressemblance évidente de ce bâtard de Charles Martel avec son père accroissait encore sa douleur. Le même courage, la même force, et qui faisaient l'admiration du peuple… Malgré tout, elle se leva pour accompagner Morgana.

Saluant Charles Martel avec un peu de raideur elle demanda :

— Où en est-on ?

— Ceux de Neustrie sont aussi épuisés et frigorifiés que nous, répondit celui-ci. Rainfroi, leur maire du palais, est venu leur demander de rentrer, mais Bodilo refuse. Il faut leur proposer de l'argent pour qu'ils s'en aillent.

Plectrude eut un haut-le-corps.

— De l'argent ? Quel argent ?

— Allons, chère âme, ironisa Charles Martel, ne me dites pas que vous avez dépensé tout le trésor laissé par mon père ! Vous devrez vivre un peu plus modestement à l'avenir, mais cela ne vaut-il pas mieux que de se décomposer dans un sarcophage sous les dalles de la cathédrale ?

La vieille dame le fixa avec colère.

— Vous êtes le maire du palais, à vous de vaincre l'ennemi !

Morgana posa la main sur le bras de Plectrude.

– Vous connaissez Bodilo comme moi. Rien d'autre ne viendra à bout de lui, et la vie de vos sujets en dépend. La mort de votre petit-fils est cruelle, mais vous pouvez encore quelque chose pour votre peuple.

Les épaules de Plectrude s'affaissèrent. Enfin, avec réticence, elle finit par hocher la tête.

11
Le pavois

En rangs serrés derrière Bodilo, les guerriers de Neustrie regardaient venir les chariots d'or et de bijoux envoyés par Cologne. On en salivait d'avance. Bodilo prit alors la parole et, à la surprise de tous, déclara :

– Ce trésor appartient au roi, et c'est au roi de le distribuer comme il l'entend.

On eut du mal à en croire ses oreilles. Ce chef de guerre autoritaire et sans pitié s'effaçait soudain derrière un roi totalement inexistant ? Un roi qui ne prenait jamais part aux combats et se laissait promener dans un char à bœufs comme une femme !

Puis Bodilo annonça que leur « roi bien-aimé » voulait leur parler.

Leur parler ? C'est à peine si l'on connaissait le son de sa voix !

Dagobert s'avança alors, remercia Bodilo et dit combien il était fier de son cousin qui lui avait gagné ces batailles. Puis, contre toute attente, il décréta :

– Le temps est fini où les rois laissaient gouverner les maires du palais. Grâce à la bravoure et au désintéressement de mon cousin, que le hasard aurait pu mettre sur le trône tout autant que moi, je vous ramène victorieux chez nous et je reprends les rênes du pouvoir.

Les grands de Neustrie en restèrent éberlués.

Dagobert annonça ensuite que, pour les remercier, il distribuerait à chaque guerrier, en plus du butin qui lui était dû, une pièce d'or prise sur sa propre part. Et là, la troupe hurla de joie.

– Vive Dagobert, vive notre roi ! Longue vie à lui !

Les grands se demandaient s'ils ne rêvaient pas, et si quelqu'un n'aurait pas dicté au roi ces paroles.

On commençait à étaler le butin pour l'évaluer et le partager quand soudain, Dagobert ne se sentit pas bien. Sur le moment on ricana. La fatigue de regarder les autres se battre ?

Mais… il semblait vraiment étouffer ! Il devint écarlate, la sueur se mit à ruisseler sur son visage et sa peau se dessécha…

Bodilo prit un air effaré et envoya immédiatement chercher le médecin.

Hélas ! Quand celui-ci arriva, il était trop tard.

L'homme de science déclara que la maladie était stupéfiante et qu'il n'avait jamais rien vu de pareil. La seule chose qu'il pouvait affirmer était qu'il ne s'agissait pas d'un empoisonnement. Le roi avait sans doute succombé à un trop grand bonheur, qui lui aurait échauffé le sang et fait comme brûler de l'intérieur.

Bodilo se cacha le visage dans les mains et poussa des gémissements.

– Pauvre cousin ! Dans ses veines coulait le même sang que le mien ! La douleur ne s'effacera jamais de mon cœur. Tu rejoins nos chers ancêtres à tous deux, Mérovée, Clovis et Dagobert dont tu portais le nom !

Quand il jugea qu'il avait assez rappelé qu'il était (prétendument) le plus proche parent du roi, il se limita aux sanglots.

Il avait bien étudié la question, et si on lui

demandait qui était son père, il répondrait « Clovis III », un roi qui avait perdu très vite le pouvoir et dont plus personne n'avait entendu parler.

Entre deux sanglots, il se lamenta sur le sort de ce pauvre royaume qui se retrouvait sans roi pour le mener vers la richesse et la gloire.

Puis il baissa la tête *avec modestie* et fit intérieurement son bilan :

Annoncer d'avance que le trésor appartenait au roi et non au chef de l'armée, c'était fait.

Que le roi reprenait le pays en main à la place du maire du palais, c'était fait.

Le coup de la très populaire distribution de pièces d'or, c'était fait.

Les mots « mon cousin que le hasard aurait pu mettre sur le trône tout autant que moi » avaient bien été prononcés par Dagobert.

Ça devait porter ses fruits. Le roi reprenait les pleins pouvoirs, distribuait assez d'argent pour qu'on n'ait pas envie de s'opposer à lui... Et le roi, c'était lui, le « descendant de Mérovée » !

Il avait bien calculé son affaire. Il avait lâché l'armée d'Austrasie qui ne contestait pas Dagobert, pour celle de Neustrie qui aurait pu désigner un autre roi.

Et Dagobert, reconnu par les deux camps, lui transmettait le pouvoir !

Il était le plus fort !

Dire qu'il avait même poussé la provocation jusqu'à prendre le nom de Bodilo, un homme qui avait autrefois assassiné un roi. Et ces benêts ne s'étaient pas méfiés davantage ! Oui, le monde était bel et bien à lui ! Les guerriers hurlaient :

– Bodilo ! Bodilo comme roi ! Il nous mènera à la gloire et la fortune ! Bodilo !

Et, oubliant Dagobert, ils le hissèrent sur le pavois[1].

1. Grand bouclier sur lequel on présentait à la foule le nouveau roi.

12
Précieuse découverte

Les Trois coururent au palais. Ce qu'ils venaient d'apprendre les inquiétait sérieusement. Bodilo avait pris la couronne de Neustrie ! Ils alertèrent le maire du palais :

– Charles, il faut un roi à l'Austrasie, sinon Bodilo sera considéré comme souverain des deux royaumes !

Le maire s'étonna de leur nervosité :

– Qu'est-ce que cela fait ? Les rois n'ont aucun pouvoir, ils se contentent de signer les documents qu'on leur présente.

– Je connais Bodilo, intervint Morgana, il est aussi dangereux que persuasif. Il a déjà réussi à se faire passer pour fils de roi. Il ne se contentera pas de signer, croyez-moi.

Charles fronça les sourcils.

– Il n'aura pas le choix, le roi fait ce qu'on lui dit, c'est tout !

Windric insista :

– Pour le peuple, seul le roi est légitime, puisqu'il est « l'élu de Dieu ». Aussi, s'il voulait reprendre vraiment le pouvoir, il serait soutenu par le peuple.

Charles Martel comprit enfin le danger :

– Dans ce cas, offrons au peuple un roi choisi par nos soins, et qui ne prendra pas trop de place.

– Il faudrait surtout un roi qui ne soit pas contestable, déclara Windric. Un descendant de Mérovée.

Le visage de Charles Martel s'éclaira :

– Il y en a un ! Le fils de Dagobert III, le petit Thierry !

– Charles, soupira Windric. Un nourrisson ! Et Bodilo aurait tôt fait de l'éliminer !

Le maire du palais commença alors à s'inquiéter sérieusement :

– Mais il n'y a personne d'autre !

– On doit pouvoir trouver un autre descendant de Clovis, d'une autre branche, assura Windric. Je vais consulter les documents, les généalogies…

– Documents ? Généalogie ? Nous n'avons rien de semblable… Juste quelques écrits concernant des donations récentes ou la loi salique[1].

Windric eut un geste de dépit. Depuis la chute de l'Empire romain, tout s'était donc perdu ! L'ad-

1. Voir *Le sceau de Clovis*.

ministration, l'école, et avec elles, l'habitude d'écrire… Il décréta :

– Bon, je vais m'informer auprès des personnes les plus âgées de ce palais, elles se rappelleront peut-être d'anciens rois…

Pendant plusieurs jours, Windric recueillit et recoupa des témoignages. Enfin, il découvrit ce qu'il cherchait. Il avertit Pétrus et Morgana :

– J'ai trouvé ! Il y a quarante ans, un roi qui régnait à la fois sur l'Austrasie et la Neustrie a été assassiné pendant une chasse. Un seul de ses enfants a survécu, un fils de cinq ans nommé Chilpéric. D'après un de ses anciens serviteurs, celui-ci aurait été rasé et mis à l'abri dans un monastère sous le nom de Daniel.

– Rasé ? s'étonna Morgana.

– Les cheveux longs sont signe de royauté. En les gardant, Chilpéric restait en danger de mort. Parce que ceux qui assassinent un roi ont rarement envie d'avoir son héritier dans les jambes.

Pétrus s'amusa :

– Un enfant qui aurait aujourd'hui plus de quarante ans… Pas sûr que ça plaise à Charles Martel.

– Sûrement pas, avoua Windric. Il préférerait un roi jeune et malléable. Aussi on évitera de lui donner des détails.

– En tout cas, commenta Morgana, ça nous

changera des rois trop jeunes, incapables de gouverner. Et ce Chilpéric est notre seule chance de barrer la route au Quatrième.

– S'il est encore en vie, tempéra Pétrus.

– Ça, on le saura très vite. On part. Le seul ennui, c'est… que le monastère se trouve en Neustrie.

En Neustrie !

Alors ça, ce n'était pas une bonne nouvelle.

13

L'ampoule

Les Trois partirent avec ce qu'ils avaient trouvé sur eux à leur arrivée sur Terre : Pétrus un petit sac d'outils, Morgana un peigne et un couteau, Windric un briquet – anneau de fer et silex. Rien d'autre. Ils supposaient que s'ils avaient été renvoyés ici-bas avec ça, c'est que ça suffisait. Seules manquaient les pièces d'or de Pétrus, qui avaient été transformées en gourde… Mais cela avait permis sa rencontre avec Windric.

Au bout de quelques jours de voyage, ils aperçurent enfin les palissades, et les toits qui dépassaient des pieux effilés. On ne voyait rien d'autre, tout était bouclé. Ce monastère savait certainement qu'il cachait un héritier royal. Morgana s'inquiéta :

– J'espère que Chilpéric est digne de régner.

– Parce que tu crois qu'il peut être pire que le Quatrième ? plaisanta Pétrus.

Morgana secoua la tête avec un vague sourire, et Windric constata :

– En tout cas, les moines semblent sur le pied de guerre. Il va falloir trouver une solide excuse pour entrer.

– Un cadeau ? proposa Pétrus. À quel genre de cadeau serait sensible un monastère ?

– À des reliques, affirma Windric. Les reliques font la fortune du lieu qui les possède, car elles attirent les pèlerins.

– Mais nous n'avons pas de reliques ! protesta Morgana.

– Hé bien on va en faire.

– Quoi ? Des fausses reliques ?

Windric rit :

– Je te parie qu'elles ne seront pas moins efficaces que les vraies.

– Windric ! Tu n'es encore qu'un vrai païen !

Il la prit par l'épaule en riant.

– Allons allons… Parce que tu crois vraiment que les os qu'on nous donne à vénérer appartiennent tous à de vrais saints ?

– Ce n'est pas une raison. Et tu nous vois déterrer des ossements ?

Pétrus fit remarquer :

– Surtout qu'on risquerait de nous prendre pour des sorciers préparant une cérémonie douteuse…

– Bon, admit Windric. Pas de reliques. Quoi d'autre ?

– Un objet précieux, proposa Pétrus.

– Oui, mais venant de loin, histoire de piquer la curiosité du monastère. Disons… d'Égypte. Ça vous irait, l'Égypte ?

– Ça me va, décréta Pétrus, sauf que je n'ai aucune idée de ce qui se fabrique là-bas.

– Moi, si. À côté d'Alexandrie se trouve le tombeau d'un martyr nommé Ménas. Les pèlerins en rapportent des ampoules d'eau prise à sa fontaine. Et, ça, j'en ai vu.

– Qu'est-ce qu'une ampoule ? s'informa Morgana.

– Une fiole avec un ventre renflé et un col étroit. Comme ça. (Windric en dessina la forme sur le sol.)

– D'accord, acquiesça Pétrus, je vous en fais une. Creusez un trou pour le feu, je m'occupe du moule.

Il choisit un morceau de bois, l'évida en forme d'ampoule et grava au fond un saint Ménas écartant les bras dans une attitude de prière.

D'après Windric, à la mort de ce saint, on avait confié son corps à deux dromadaires pour qu'ils choisissent l'endroit de sa sépulture. Et là où ils s'étaient arrêtés, on avait construit son tombeau.

Pétrus grava donc un dromadaire de chaque

côté du personnage. Pas facile, puisqu'il n'en avait jamais vu. Heureusement, les moines non plus – du moins il l'espérait.

Il étala ensuite de l'argile dans le moule et obtint une moitié de fiole. Il fit une deuxième moitié de la même façon et les colla ensemble. Puis il modela un bouchon qu'il termina par une élégante pointe.

Une fois cuite au four, l'ampoule était magnifique. On la remplit d'eau… qui ne serait miraculeuse que si elle permettait aux Trois de mener à bien leur mission.

14
Le roi

Quand ils frappèrent à la porte du monastère, seule une petite ouverture s'entrebâilla à hauteur d'homme. Derrière, des yeux méfiants les examinèrent. Windric avait préparé une phrase qui ne serait pas trop un mensonge :

– Nous possédons une ampoule de saint Ménas que nous voudrions donner à votre monastère.

Les yeux se portèrent sur l'objet, puis scrutèrent les environs.

– Il n'y a pas de soldats aux alentours ?

– Non…

Un frottement signala qu'on faisait coulisser la poutre barricadant la porte, un battant s'entrouvrit, et un crâne tonsuré apparut. Aura violette des religieux, avec le jaune des intellectuels et un soupçon du rouge des chefs. Sans doute le maître du monastère, pensa Morgana, l'abbé en personne.

– Entrez vite, chuchota celui-ci.

Ils se glissèrent par la porte, qui se referma aussitôt derrière eux. Ils s'inquiétèrent :

– Vous redoutez quelque chose ?

Le moine eut une hésitation :

– Hélas, c'est notre propre roi que nous craignons. Un dénommé Bodilo. Un être sans foi ni loi, qui n'a de respect pour rien. Pas même pour Dieu ni Son Église… (Il détailla les trois voyageurs, puis la fiole.) Ainsi, vous détenez une ampoule sacrée… Elle est très belle.

Morgana précisa :

– Elle est destinée au moine Daniel.

Le religieux la considéra avec surprise et s'informa :

– Qui êtes-vous ?

Le rouge s'était ravivé à l'intérieur de son aura. Les Trois ne se débarrasseraient pas facilement de sa défiance. Windric décida donc de dire la vérité :

– Ce Bodilo que vous craignez tant est un imposteur. Le véritable héritier du trône se trouve dans vos murs.

– Que dites-vous là ?

– Il y a quarante ans, un enfant de cinq ans a été confié à ce monastère. On venait de couper sa chevelure royale pour le protéger. Son nom était Chilpéric. Aujourd'hui qu'un faux descendant de Mérovée a pris le pouvoir pour en faire un mauvais usage, il faut que Chilpéric sorte de l'ombre.

Le moine le considérait avec des yeux impéné-
trables. Morgana insista :

– Il faut que nous parlions à Daniel… C'est le
nom qu'il a pris en entrant ici.

Sans quitter son air méfiant, le moine s'informa :

– Que savez-vous de lui ?

Windric expliqua :

– Le roi, son père, s'est fait tuer lors d'une chasse
en forêt, ainsi que sa mère et son frère aîné. Lui
seul a survécu, et un de ses anciens serviteurs nous
a expliqué où le trouver. Songez-y, ce royaume ne
peut rester à la merci de Bodilo !

Pour la première fois, le moine quitta sa raideur.
Puis il soupira :

– Je suis cet enfant. Il y a quarante ans…

Il se tut, oppressé par les souvenirs. Morgana en
profita pour chuchoter aux autres :

– Il est parfait. Et son aura se marie bien avec
celles de Rainfroi et de Charles Martel.

– Que dites-vous ? questionna Daniel.

Morgana répondit :

– Que vous vous entendrez bien avec les deux
maires du palais, celui de Neustrie et celui d'Austrasie.

– Il est temps de quitter ce monastère, ajouta
Windric, de laisser pousser vos cheveux et de
redevenir Chilpéric. Vous êtes le roi des Francs !

Le moine hésita :

— Ceux de Neustrie se sont déjà donné un roi...
et il n'est pas facile d'affronter ce Bodilo.

— Il sait entraîner les foules, reconnut Windric,
les fasciner.

Il songea en lui-même : « Comme fascine le
feu ».

Pétrus s'exclama :

— Mais les grands de Neustrie ont en réalité une
trouille bleue de lui !

— Si vous vous proposez comme roi, insista Morgana, vous pourrez compter sur leur appui !

Elle avait à peine fini ces mots que des coups
violents ébranlèrent la porte.

— Ouvrez immédiatement ! C'est votre roi qui
l'exige !

Les Trois se regardèrent. Le Quatrième avait
visiblement découvert la vérité en même temps
qu'eux !

15
Le feu du Quatrième

Oui, si le Quatrième avait réussi à sortir d'un sarcophage gravé de runes magiques, c'est qu'il avait plus de pouvoirs que jamais. Un vrai sorcier ! Rien que sa voix était de nature à frapper de frayeur. D'ailleurs, Daniel-Chilpéric était blême.

Un second hurlement :

– Ouvrez, ou je fais enfoncer la porte !

L'aura du moine commença à se troubler.

– OUVREZ !

Il y avait dans le ton une telle autorité que Daniel s'approcha de la porte. Morgana bondit devant lui pour l'empêcher d'ôter la barre.

– S'il entre, non seulement vous serez tous massacrés, mais le royaume des Francs tout entier ira à sa perte. Vous êtes Chilpéric ! Vous êtes le vrai roi ! Vous devez sauver votre pays !

Le moine se mordit les lèvres, incertain.

Windric grimpa sur le contrefort de la palissade

et s'accroupit sur la butte de terre qui servait de chemin de ronde pour glisser un regard entre les pieux.

Bodilo était là avec Rainfroi et toute l'armée de Neustrie ! Et il avait le même visage et le même âge que dans leur vie précédente ! Il était donc bien sorti du sarcophage par sorcellerie.

Windric se redressa pour être vu de tous et cria :

– Neustriens, on vous a trompés ! Cet homme qui se dit votre roi est un imposteur. Votre vrai roi vit ici, votre roi Chilpéric, descendant de Mérovée ! Bodilo le sait, c'est pourquoi il vous a amenés ici. Il veut le tuer !

Il se baissa précipitamment. Une boule de feu arrivait sur lui ! Elle passa au-dessus, et la grange située au centre du monastère s'embrasa. Oui, les pouvoirs du Quatrième s'étaient décuplés. Il était capable non seulement d'enflammer par son regard, mais aussi d'expédier le feu au loin !

Du côté des guerriers, on regardait le ciel avec méfiance. L'orage lançait ses éclairs alors qu'on ne voyait que quelques nuages… ?

Les moines, eux, se précipitèrent avec des seaux. C'est alors qu'une deuxième boule toucha la bergerie. Ils s'affolèrent.

– Le ciel est contre nous, il dit que nous devons respect à notre roi ! Ouvrez, frère Daniel !

Mais Morgana fixait Chilpéric avec sévérité :

– N'ouvrez pas.

Pétrus monta au côté de Windric et jeta à son tour un coup d'œil entre les poteaux de bois. Il voyait Bodilo pour la première fois, et son sourire supérieur le révulsa. Content de lui, le Quatrième ne se méfiait pas…

Avant que Windric ne puisse s'y opposer, Pétrus bondit par-dessus la palissade et atterrit sur le cheval de Bodilo, en faisant tomber son cavalier.

Morgana grimpa vite près de Windric voir ce qui se passait.

Pétrus roulait à terre avec Bodilo ! Et…

Elle en eut le souffle coupé. Une boule de feu jaillie de nulle part enveloppa d'un coup Pétrus, son image se dilua. Il… Il avait disparu !

Loin d'eux !

La frayeur les saisit. Un feu de sorcellerie capable de détruire la pierre était tout aussi mortel pour l'air et l'eau ! Malheureusement, ils le réalisèrent trop tard. La boule fit demi-tour à une vitesse fulgurante, monta en flèche au-dessus de la palissade… et retomba sur eux.

Ils s'effondrèrent sans même avoir le temps de se donner la main.

Suffoqué, Chilpéric fut pris d'une violente colère. Il l'ignorait, mais son aura venait de se teinter d'un rouge vibrant. Il monta sur le chemin de ronde et, d'un geste furieux, lança vers les assaillants ce qu'il tenait à la main : l'ampoule de saint Ménas.

Bodilo tomba, tué net, la pointe du bouchon enfoncée dans la tempe.

Le moine en resta pantois. L'ampoule de saint Ménas était donc bel et bien miraculeuse !

Finalement soulagés de ce qui venait de se passer, les grands de Neustrie crièrent :

– Chilpéric pour roi ! Vive Chilpéric !

Et ils se précipitèrent vers la porte, piétinant Bodilo sans même s'apercevoir qu'il se dissolvait.

Les Trois avaient disparu aussi.

16

Le cordouannier

Cordoue, printemps 732

Abd-el-Rahman, gouverneur d'Andalousie, passa la tête par la porte de l'atelier.

– Est-ce que mes bottines sont prêtes ?

Pétrus sourit et répondit en arabe :

– Presque, wali.

Pétrus aimait prononcer « wali », nom qu'on donnait ici au chef. Parce que, le nouveau, il l'aimait bien : brave, généreux, rien à voir avec les guerriers cruels et débauchés qui l'avaient précédé. Et il le trouvait très distingué, avec sa longue tunique de soie et son turban artistiquement enroulé autour de sa tête.

Le wali s'appelait très exactement Abd-el-Rahman ibn Abd'Allah el Ghefiki, un nom difficile à retenir, car les Arabes précisaient toujours de qui ils étaient « ibn », c'est-à-dire fils.

Une chance que Pétrus ne fût pas arabe, parce

qu'il aurait été bien incapable de dire comment s'appelait son père ! De toute façon, il ne portait qu'un seul nom, puisqu'il venait de Gaule.

C'était la seule chose qu'il savait de ses origines.

À cinq ans, il s'était retrouvé au milieu d'un convoi d'otages que la ville de Nîmes livrait aux Sarrasins d'Andalousie. Il ne se souvenait de rien avant ça. Il ignorait même où se trouvait Nîmes.

Considéré comme orphelin, il avait atterri au palais, où l'on avait vite découvert ses dons artistiques. Depuis, il vivait ici et, aujourd'hui, il parlait mieux arabe que roman ou latin.

Il souleva entre deux doigts les bottines de cuir roux pour les montrer au wali :

– Je les ai conçues à la fois pour monter à cheval et pour arpenter les rues les jours de pluie. Mais elles peuvent aussi servir à flanquer un coup de pied dans les tibias de vos ennemis.

Abd-el-Rahman s'amusa :

– Comme tu y vas ! Un coup de pied serait indigne du gouverneur d'Andalousie.

– Il y en a qui le méritent, croyez-moi ! répliqua Pétrus en riant.

Et ce n'étaient pas des mots en l'air. Il y avait en particulier un dénommé Bubo, un odieux qui rôdait au palais et qu'il aurait volontiers balancé dans le fleuve Guadalquivir.

Le wali se saisit d'une bottine et en caressa le cuir finement ciselé à la manière de Cordoue, un art qu'on appelait cordouannerie, et dans lequel Pétrus excellait. Il admira la plaque métallique qui ornait le bout pointu et siffla entre ses dents.

– Tu es un grand artiste, Rumi[1]. C'est ton père qui t'a appris ?

– Évidemment ! plaisanta Pétrus.

Ils furent interrompus par un jeune homme au teint clair mais arborant un turban musulman :

– Wali, je suis passé devant l'église Saint-Vincent et j'ai vu des chrétiens en sortir ! Comment un bon musulman peut-il tolérer ça ?

– Cette église est la leur, Bubo, répondit Abd-el-Rahman. Les chrétiens vivaient là avant nous. On leur demande déjà de la partager…

Bubo s'emporta :

– La partager ? C'est toi, le maître ! Ces sales Wisigoths qui occupaient le pays ont été vaincus, essuie-toi les pieds sur eux ! Interdis-leur de pratiquer leur religion, interdis-leur de parler leur langue, confisque leurs biens, chasse-les !

Pétrus sentit l'agacement le chatouiller. Ce Bubo, personne ne savait d'où il venait et, pourtant, il avait un don pour imposer sa volonté à tous.

---

1. Rumi (« Romain »). Nom que les Arabes donnaient aux habitants de la Gaule.

Sauf à lui.

Il songea soudain avec un peu de frayeur que Bubo et lui avaient des points communs : un don manifeste et aucune identité connue.

Mieux valait ne pas y penser.

À son grand soulagement, le wali protesta :

— On ne bâtit rien en semant la terreur et la mort.

— Tu bâtiras encore moins en te montrant faible ! s'énerva Bubo. Que dira l'émir de Damas qui t'a nommé wali, si tu ne lui rapportes pas de butin ? Tu expliqueras : « Je n'ai pas voulu fâcher les chrétiens et les juifs » ?

— Chrétiens et juifs sont des gens du Livre, Bubo. Nous les respectons.

— Quel livre ?

— Celui où sont écrites les lois de notre Créateur. Notre Coran, la Bible des chrétiens et la Torah des juifs. Trois religions qui ont beaucoup en commun.

— Tu veux dire que tu ne fais pas de différence entre le Dieu des chrétiens, le Yahvé des juifs et Allah le Tout-puissant ?... Et tu te commandes de luxueuses bottines, alors que le Prophète[1] ne portait que des sandales ?

_____

1. Il transmet la volonté de Dieu. « Le Prophète » sans autre indication désigne Mahomet pour les musulmans.

Sur ces mots, Bubo se jeta à terre et se prosterna vers l'est en suppliant :

– Qu'Allah nous pardonne ! Allah est grand et miséricordieux ! Allah est infini comme le désert, haut comme le ciel, rafraîchissant comme la source à l'ombre du palmier. Qu'Allah nous pardonne !

Sentant Abd-el-Rahman ébranlé par ces gémissements de comédie, Pétrus eut peur qu'il se fasse encore manipuler par l'incroyable don de persuasion de Bubo. Il intervint :

– Inutile de prendre les églises aux chrétiens, wali, il n'y a qu'à construire des mosquées. Je vais te bâtir la plus belle du monde !

Abd-el-Rahman sourit.

– Tu abandonnerais la cordouannerie pour l'architecture, Rumi ?

– Je n'abandonne rien, wali. Je fais tout !

Il rit. Puis il croisa le regard de Bubo, et son enthousiasme en fut douché. Un regard à flanquer la trouille à un mur de pierres.

17
Des projets

Pétrus fut brutalement tiré du sommeil par l'appel du muezzin :

– Allah est grand ! Allah est grand ! Il n'y a pas d'autre dieu qu'Allah, et Mahomet est son prophète !

Bon sang, quel choc ! Il avait du mal à s'y habituer. Être réveillé en sursaut toutes les nuits quand on n'est pas musulman, ce n'est pas facile à vivre. Il ne savait que deux choses à propos du Prophète : son nom était Mahomet, il avait vécu un siècle auparavant, et les musulmans comptaient les années à partir de ce temps. Pour eux, on était donc en 114.

Lui était chrétien, il croyait en Jésus-Christ, le fils de Dieu envoyé sur Terre pour sauver les hommes... et l'Église venait de décider qu'on mesurerait le temps depuis la date de sa naissance. Moyennant quoi on était en l'an 732.

Les juifs, eux, pensaient que Jésus n'était qu'un prophète parmi les autres et prenaient comme point de départ la création du monde, 4493 ans auparavant ! Du coup, on avait toujours un peu de mal à s'en sortir avec les dates.

L'avantage, à Cordoue, était que les religions se côtoyaient sans problème. Mais il faudrait que Bubo cesse de distiller sa haine ! D'autant que ce serpent venimeux se moquait d'Allah autant que de Dieu ou de Yahvé, Pétrus en était persuadé. Comment, avec une âme aussi sombre, pouvait-on croire en un dieu de bonté ?

Il se gratta le crâne, semant un désordre encore plus grand dans ses épis noirs, et repensa à ses projets. Il allait bâtir une grande mosquée ! Il la construirait au plus bel endroit de la ville, à proximité du palais, du fleuve Guadalquivir et de la grande porte qui ouvrait sur le pont romain.

Et le palais, ce vieil alcazar, pourquoi ne pas le refaire aussi ? Il serait beaucoup plus beau dans le style arabe !

Oubliant la nuit, il chaussa ses sandales en fibre de palmier et, à la lueur de sa lampe à huile, se pencha sur ses plans.

La mosquée, il l'avait déjà en tête. Mille colonnes de marbre, une vraie forêt soutenant une haute voûte, légère comme le ciel. Des arcs colorés sauteraient d'une colonne à l'autre, alternant brique et pierre blanche pour donner une impression de soleil. Le soir, mille lampes parfumées donneraient envie d'y entrer. La maison de Dieu, quel que soit le nom qu'on lui donnait, serait chaleur, force et beauté.

Il y aurait aussi une fontaine. Et un minaret. Élégant, une vraie dentelle de pierre… et si haut que, lorsque le muezzin lancerait son appel à la prière, on l'entendrait jusqu'aux confins de la terre. (Il rit.) Il aimait vraiment être réveillé la nuit !

Les murs intérieurs seraient tapissés de mosaïques. Pas de personnages, puisque c'était interdit par la religion musulmane, mais des motifs géométriques et des inscriptions.

Des versets du Coran, oui ! Il verrait bien chaque phrase en lettres d'or sur fond bleu…

Ses rêves furent troublés par l'arrivée d'Abd-el-Rahman.

– Déjà au travail ?

– Vous aussi, semble-t-il, wali.

– C'est que j'ai pensé à une chose. Pour aller plus vite dans la construction, pourquoi ne pas réutiliser des éléments de bâtiments anciens ? Il y a de très beaux restes parmi les ruines, et cela nous rapprocherait de la population d'origine. J'aimerais que l'Andalousie soit une terre de concorde, que chacun y retrouve son âme.

Heureux que les paroles fielleuses de Bubo n'aient pas porté leurs fruits, Pétrus s'exclama :

– Pourquoi pas ? Travailler avec des éléments de hasard est encore plus excitant !

Il voyait à quelles ruines faisait allusion le wali : celles des étendues sauvages de la *médina* – ainsi qu'on appelait la vieille ville enfermée dans les remparts. Il s'informa :

– Vous savez ce que sont ces ruines, wali ?

– Oh ! Ce pays a une longue histoire. Rien que ce palais, par exemple : les Romains l'avaient construit, les Vandales l'ont détruit, puis les Wisigoths ont envahi le pays... Cordoue était alors dans un tel état de délabrement que le palais romain avait disparu sous la végétation. C'est un chasseur qui l'a redécouvert par hasard en cherchant son faucon. Les Wisigoths l'ont reconstruit... Et une partie de la ville aussi, mais pas tout, parce que la population avait beaucoup diminué. Ils ont laissé des quartiers en friches...

– Nouvelle étape, wali ! Je vais reconstruire Cordoue dans le style arabe, et plus belle que jamais ! Je vais rendre visite à ces ruines.

Et Pétrus sortit, si excité qu'il ne remarqua pas que des yeux le suivaient.

Il traversa le quartier juif, puis un marché... enfin, un *souk*, comme disait le wali. Il se sentait

bien, ici. Ses traits incertains et son teint bronzé le faisaient prendre pour un Arabe par les Arabes, pour un Juif par les Juifs, pour un Wisigoth par les Wisigoths. Au passage, il s'arrêta admirer les motifs orientaux des tissus persans et humer avec volupté les odeurs des plantes nouvelles importées d'Afrique : aubergines, grenades, asperges, artichauts, safran ou endives. Voir, toucher, sentir… Les beautés de ce monde lui procuraient toujours un plaisir sans pareil.

Enfin il arriva à l'immense champ de ruines. Désert. Lichens et herbes folles montaient à l'assaut des pitoyables squelettes de pierre. Seul le soleil empêchait la tristesse d'assaillir le cœur.

Des lézards qui filaient se cacher dans les fentes le firent réagir. Non, il ne s'agissait pas des décombres d'une civilisation disparue, mais d'un refuge doublé d'une véritable mine à ciel ouvert. Des stèles, des chapiteaux, des colonnes ! Encore debout ou effondrés pêle-mêle, il n'y avait qu'à choisir.

Il se mit à arpenter les ruines, marquant à grands coups de craie les pierres qu'il sélectionnait, et en oublia tout. Il imaginait déjà où il les mettrait… Celle-ci dans l'entrée de la mosquée, celle-là au fond…

Il ne vit pas venir le danger. Une colonne vacilla sur son socle et… se précipita sur lui. Il tomba le front sur les pierres et ne bougea plus.

18

Horrible surprise

Bubo détestait Pétrus. Ce bougre de Rumi n'arrêtait pas de se mettre en travers de sa route. Il avait déjà persuadé Abd-el-Rahman de ne pas confisquer leurs biens aux juifs, de ne pas leur prendre leurs enfants pour les élever selon le Coran, et voilà qu'il le dissuadait de se saisir des églises des chrétiens !

Bubo exécrait aussi Abd-el-Rahman. Avec les précédents walis, il n'avait eu aucun mal à obtenir ce qu'il voulait. Mais le nouveau avait ce qu'il appelait une « conscience », qui l'empêchait prétendument de nuire à autrui !

Pourtant, faire du profit était si tentant quand on avait la chance d'avoir sur son territoire plusieurs religions ! En agissant au nom d'un dieu, on ne pouvait pas être accusé de vol.

Enfin, tout cela serait réglé quand il prendrait le pouvoir et deviendrait wali à la place du wali.

Bel exploit pour un garçon dont le teint disait clairement qu'il n'était pas arabe !

Quand il était arrivé au palais (sans se rappeler d'où il venait, d'ailleurs, ce qui était curieux), il avait réussi à se faire reconnaître par un haut dignitaire du palais comme son fils. Il avait choisi un homme sans enfant et lui avait fait croire qu'il était né d'une de ses concubines wisigothes. Une femme morte depuis, bien sûr.

Rien qu'en regardant les gens dans les yeux, il pouvait les convaincre.

Dès le lendemain, il était présenté officiellement au wali ! C'était fou de voir comment les hommes voulaient à tout prix avoir un fils !

Lui, pas question. Il n'en aurait jamais. Les fils étaient trop dangereux, ils étaient capables d'assassiner leur père pour hériter plus vite.

D'ailleurs, c'est ce qu'il avait fait.

Maintenant, il avait le champ libre. Quand il aurait pris la place d'Abd-el-Rahman, il transformerait l'Andalousie en émirat et ne dépendrait plus de l'émir de Damas.

Puis il manœuvrerait pour prendre Damas et, là, il tiendrait dans sa main l'Orient et l'Occident ! Il mangerait sur une table d'or constellée de pierreries, posséderait de splendides couronnes (une pour chaque jour), de splendides femmes (une pour chaque nuit), des vêtements de soie, des meubles incrustés de nacre...

Mais pour commencer, il fallait éliminer ce

Pétrus qui contrecarrait son influence. Bubo sentit la colère remonter. Il avait utilisé la sorcellerie pour faire tomber la colonne de marbre sans qu'on puisse l'accuser, et celle-ci n'avait pas tué le Rumi ! Incompréhensible.

Heureusement, elle l'avait quand même assommé et, maintenant, il allait réparer sa maladresse au mieux. D'ailleurs, une mort lente serait beaucoup plus excitante !

Non, il n'y avait pas à regretter. Il eut une grimace moqueuse en se représentant la frayeur que devait ressentir à cet instant ce sale Rumi.

Pétrus se débattait. Il rêvait qu'il se noyait. Mais ce n'était pas un rêve, il suffoquait vraiment, il était dans l'eau ! De l'air revint sur son visage et il vit qu'il faisait nuit. Il avait mal à la tête et au ventre, et un grincement affreux lui vrillait les tympans...

Il se remit à suffoquer, il s'enfonçait dans l'eau !

Il en ressortit au bout de quelques instants, toussant et crachant. Il avait l'impression d'être allongé sur une échelle bombée. Il replongea. Et, là, il n'eut plus aucun doute : il était attaché sur le dessus d'une noria, une de ces grandes roues qui remontaient l'eau du fleuve pour alimenter les canaux d'irrigation. Ses bras étaient liés le long de son corps, et il ne pouvait pas bouger. Il avait de plus en plus de mal à reprendre son souffle. Que faisait-il là ?

Il devait se calmer, bien mesurer le temps pendant lequel il restait à l'air et celui qu'il passait dans l'eau, de manière à aérer ses poumons au bon moment, sinon il se noierait. De toute façon, il ne pourrait pas tenir longtemps comme ça. Son corps était glacé. S'il ne mourait pas d'asphyxie, il mourrait de froid.

Il fallait faire quelque chose ! Et, pour commencer, libérer ses bras.

Ce fut une longue épreuve d'adresse et de patience, impliquant de respirer et se contorsionner au bon moment… Quand il arriva enfin à dégager ses bras, il était épuisé. Épuisé et toujours prisonnier ! Car il avait beau tâtonner, il ne trouvait pas le nœud de la corde qui l'entortillait. Et pas question de se redresser : s'il ne se trouvait pas en position allongée à l'instant où il arrivait dans l'eau, il se ferait écraser sur le fond.

Le désespoir le saisit. Il tournait, il tournait… Et son courage faiblissait. Il n'avait même plus envie de calculer le bon moment pour respirer. Il avait trop froid. Il allait mourir, alors autant que ce soit le plus vite possible.

La lune se découvrit, illuminant l'eau de ses jeux de lumière. Au moins l'image de ce carrousel de la mort était-elle artistique. C'est là que Pétrus réalisa qu'il avait près de lui le point d'attache d'un rayon de la roue. Une idée lui vint...

La main tremblante, il chercha dans l'épaisseur de sa ceinture la lame qu'il y gardait et la glissa à la jointure du rayon. Puis, à petits mouvements, il usa le tenon qui maintenait les pièces ensemble, grattant même pendant ses passages dans l'eau.

Enfin, le rayon lâcha. Il suffisait maintenant de le faire jouer d'avant en arrière jusqu'à ce que l'attache casse. Quand elle se brisa, il ramena vite le barreau le long de son corps avant de replonger.

Il était tétanisé par le froid. Ressortant de l'eau, il rassembla ses forces et poussa le rayon vers l'avant. Son corps redescendait... Le rayon s'enfonça dans l'eau, se plantant dans le fond.

La roue fut secouée par le choc et s'arrêta. Il y eut des craquements et, un instant, Pétrus crut que sa béquille allait casser. Heureusement, le fleuve en cette saison n'avait pas trop de puissance. Pétrus ôta sa ceinture, s'en servit pour fixer le rayon à la roue, et put enfin se redresser pour défaire le nœud de ses liens, qui se trouvait à ses pieds. La barre gémit de manière inquiétante. Il y eut un craquement sinistre, la roue oscilla... et reprit sa musique lancinante.

Mais Pétrus avait plongé dans le fleuve.

19

Le gâcheur de rêves

Du haut du rempart, le wali contemplait le fleuve. Il aimait cette heure, les premières lueurs du jour qui empourpraient les bancs de sable, les lauriers roses soulignant la longue bande verte du Guadalquivir, le grincement des norias… Il sourit. De l'autre côté du pont, il apercevait le bosquet de mélèzes d'où, vingt ans plus tôt, il avait surgi avec ses guerriers pour se jeter sur Cordoue.

Aujourd'hui, la ville était à eux. Ils l'avaient prise par une nuit sans lune où la pluie battait les murailles, éteignant les feux en haut des tours de guet et dissimulant leur noire colonne qui franchissait le fleuve.

Et c'était à lui que ce pays merveilleux avait été confié ! Pétrus avait raison, on pouvait faire de Cordoue une ville incomparable, la plus belle au monde depuis le grand océan jusqu'aux confins de l'Orient ! Il bâtirait une mosquée, dix mosquées, un alcazar somptueux, une bibliothèque immense rassemblant toutes les connaissances. Il ferait venir les plus grands savants, les plus grands médecins, philosophes, artistes, poètes…

Il fronça les sourcils. Il avait cru percevoir un bruit en bas, près du fleuve. Il allait se pencher par-dessus le parapet, quand il entendit une voix derrière lui :

– J'ai trouvé l'endroit idéal pour ta nouvelle mosquée, wali !

– Ah… c'est toi, Bubo.

– Il faut la construire en face de ton palais.

– En face de l'alcazar, il y a l'église Saint-Vincent.

– Tu la détruis, voilà tout.

– Que fais-tu de la paix de ce peuple, Bubo ?

– C'est le meilleur moyen de la conserver, la paix ! Tolérer une église en face des murailles qui protègent à la fois le palais et la caserne passerait pour de la faiblesse. Les chrétiens en profiteraient pour se révolter et rejeter les Arabes à la mer. Déjà, de l'autre côté des Pyrénées, les Francs ont les yeux rivés sur toi, ils te savent modéré et n'attendent que le bon moment.

– Qu'est-ce qui te fait penser cela ?

– Les bruits qui courent, mentit Bubo. Il faut attaquer avant d'être attaqué, sinon on est avalé. L'émir de Damas serait furieux de se faire reprendre une terre qu'il a eu tant de mal à conquérir.

Le wali protesta :

– L'émir me sera reconnaissant d'assurer la paix de ce pays.

– En y laissant des mécréants ? Tu es le serviteur d'Allah, tu dois mener la guerre sainte pour Sa plus grande gloire ! Le Lui refuser serait se détourner de Lui.

La volonté d'Abd-el-Rahman vacilla. Passer pour un mauvais musulman était inconcevable et dangereux pour un chef. Son rôle n'était-il pas d'agrandir le royaume d'Allah ? Il soupira :

– Tu as peut-être raison.

Bubo s'emballa :

– Nous irons de victoire en victoire ! L'armée te

rendra grâce de lui offrir les richesses de la Grande Terre[1].

– Il s'agit de combattre pour Allah, rappela Abd-el-Rahman.

– Oui, c'est ça. Écraser les infidèles. Allah est grand !

Bubo redescendit des remparts en courant pour avertir l'armée, et le wali regarda de nouveau vers le fleuve. Hélas, tout son bonheur s'en était allé. Ses rêves avaient pris une teinte grise.

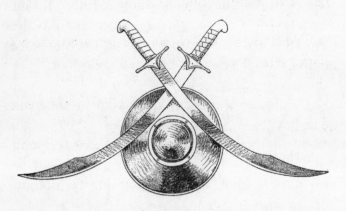

Il entendit de nouveau ce curieux bruit et se pencha. Quelqu'un essayait d'escalader le rempart !

– Rumi ! Que fais-tu là ?

– Je... Je vous raconterai, wali. Les portes de la

1. L'Europe.

ville sont encore fermées, et j'ai envie de rentrer me mettre au chaud.

Le wali restant éberlué, il ajouta :

– N'hésitez pas à m'aider avant que je ne meure de froid. Je vous jure que je suis très propre.

Abd-el-Rahman sourit.

– Lors de la prise de Cordoue, un guerrier a escaladé le rempart et, ensuite, pour aider les autres à monter, il a fait ceci.

Il déroula son turban de tissu et en laissa tomber l'extrémité le long de la muraille :

– Accroche-toi !

Il riait. Il en avait oublié que son armée se préparait à la guerre.

20

Les tambours de guerre

Les tambours de guerre faisaient vibrer l'air et vaciller les cœurs. Pour ne plus les entendre, Abd-el-Rahman fit fermer les portes du hammam et, rejoignant Pétrus dans le bain chaud, demanda :

— Alors, raconte, que t'est-il arrivé ?

— Quelqu'un a voulu que je goûte le Guadalquivir pour s'assurer qu'il n'était pas empoisonné, je suppose.

Abd-el-Rahman eut un petit sourire, puis fronça les sourcils.

— Quelqu'un qui voudrait ta mort ?

— Un architecte jaloux..., tenta de plaisanter Pétrus.

Mais le cœur n'y était pas. Celui qui avait fait ça voulait sa mort, et il pouvait recommencer. Pétrus aurait volontiers accusé Bubo, cependant il n'en avait aucune preuve. Il préféra changer de sujet :

— Pourquoi ces tambours ?

– Ah ! Il va falloir quitter cette vie de confort, Rumi, nos oliviers et nos vignes, pour mener la guerre contre les infidèles. Et dans un pays de sauvages qui, m'a-t-on dit, ne possède même pas d'établissements de bains !

– Vous parlez de la Gaule ?

Pétrus sentit son pouls s'accélérer. Au bout de tant d'années, le nom d'un pays dont il ne se souvenait pas lui restait pourtant doux à l'oreille. Le wali répondit :

– Le pays des Francs, des Aquitains, des Bourguignons, oui. Ces primitifs qui ont transformé les bains romains en églises. (Il eut une petite grimace.) Crois-tu que je puisse leur demander de les remettre en service pour rendre notre invasion plus confortable ?

Ils rirent. Puis Pétrus s'inquiéta :

– Vous voulez réellement attaquer la Gaule ?

– La Grande Terre est une contrée difficile, soupira le wali, encombrée d'interminables forêts sombres, épaisses, propices aux embuscades…

– Alors n'y allez pas !

– … et peuplée d'infidèles qu'il faut amener à Allah.

Pétrus protesta :

– Vous vouliez la paix, wali, vous vouliez construire, pas détruire !

– Il est des missions qui nous dépassent, Rumi.

Et puis j'ai une revanche à prendre sur la ville rose.

— Quelle ville rose ?

— Celle du duc Eudes. Une ville tout en briques qui a pour nom Toulouse. Nous l'avons attaquée voilà dix ans et…

Il se tut en entendant la porte s'ouvrir.

Bubo entra. Un instant, il considéra Pétrus avec stupeur et rage puis, s'apercevant qu'Abd-el-Rahman le regardait, il s'inclina :

— J'ai transmis vos ordres, wali. L'armée se prépare. Et j'ai envoyé des émissaires dans toute l'Andalousie pour ordonner le regroupement des troupes à Pampelune.

– Avec toi, les ordres sont donnés avant même d'être émis, lâcha Abd-el-Rahman d'un ton réticent.

– Je sais que votre volonté est de frapper un grand coup. Et je suppose que vous allez diviser l'armée en deux, une partie qui débarquera sur la côte et remontera la vallée du Rhône, l'autre qui franchira les Pyrénées et envahira l'Aquitaine. C'est une excellente idée. Les deux armées se rejoindront au nord, et toute la Grande Terre sera à vous.

Bubo observait le visage incertain du wali. Il le manipulait comme il voulait, Abd-el-Rahman serait bientôt persuadé que ce plan était sa propre stratégie. Bien sûr, Bubo devait étouffer pour cela toute fierté, mais la seule chose qui comptait était le résultat. Et le résultat serait qu'il prendrait le pouvoir. Rien ne valait une guerre pour monter en grade. D'autant que le wali n'en réchapperait pas, il se le promettait. Il reprit :

– Plus vite on partira, mieux ce sera. Actuellement, les peuples de Gaule sont divisés. Eudes, le duc d'Aquitaine, est fâché avec Charles Martel, le chef des Francs. Il faut en profiter.

Pétrus le fixa avec étonnement. Charles Martel... ce nom lui disait quelque chose. Et il avait soudain l'impression que quelqu'un l'attendait en Gaule !

– Wali, déclara-t-il, je voudrais vous accompagner à la guerre.

– Tu es un peu jeune, Rumi, et tu as du travail ici.

– Je vais finir mes plans pour que tout soit prêt à mon retour. Et avec le butin que nous rapporterons, je pourrai faire vos édifices encore plus beaux !

Le wali hésita.

– Je devrais refuser. En principe tu es otage… Cependant, j'aime bien ta compagnie.

– Alors c'est oui ? se réjouit Pétrus.

– C'est oui. Mais avant, j'aimerais que tu graves sur la lame de mon sabre quelques mots de protection. Je pense à : « Avec le secours d'Allah, la victoire est mienne. » T'en sens-tu capable ?

– C'est comme si c'était fait, wali !

Bubo le regarda sortir d'un œil mauvais. Une guerre était également idéale pour se débarrasser des gêneurs, et ce Pétrus n'en reviendrait pas non plus, il s'en faisait le serment.

21
La ville rose

Le duc Eudes se sentait vieux et fatigué. D'ailleurs, il était vieux et fatigué. Du toit de son palais, il contemplait le fleuve. Sa Garonne. Il la connaissait par cœur, avec ses îles, son gué, l'aqueduc romain qui sautait par-dessus pour leur amener l'eau des sources. Il aimait Toulouse, ses créneaux roses, ses longs remparts roses, ses tours roses… Comment leur éviter de devenir rouge sang ?

Car les Sarrasins avaient franchi les Pyrénées par le col de Roncevaux et avançaient, pillant tout sur leur passage. Pire qu'une pluie de sauterelles sur un champ de blé. Une à une, ses villes étaient tombées. Auch, Dax et les autres. Il avait tenté de barrer la route à l'envahisseur, mais n'avait réussi qu'à y perdre une grande partie de son armée.

Maintenant l'envahisseur était à Bordeaux, les

habitants agonisaient dans leur sang et les églises brûlaient. Et il était là, impuissant…

— Père, est-il vrai que vous êtes revenu blessé des combats contre les Sarrasins ?

Eudes se retourna. Sa fille adoptive venait d'apparaître sur la terrasse. Drôle d'enfant, sa petite Morgana. Il l'avait recueillie lorsqu'elle avait cinq ans et n'avait jamais su d'où elle venait.

— Ce n'est rien, répondit-il. La blessure est surtout morale. Me voilà trop vieux pour défendre mon peuple…

— Ne dites pas de bêtises. Personne ne peut lutter contre des ennemis aussi nombreux. (Elle souleva la manche du duc, tachée de sang.) Si vous laissez cette blessure sans soin, elle va s'infecter, et on sera obligé de vous couper le bras.

Morgana sortit de sa trousse une fiole que tout le monde croyait remplie d'un liquide savant et qui contenait en réalité de l'eau vinaigrée. Car elle n'avait besoin de rien pour soigner, le contact de ses mains suffisait. Seulement, personne ne devait le savoir.

Eudes se laissa faire en grommelant :

— Les Sarrasins, je les ai déjà battus en 721. Et cet Abd-el-Rahman, je le connais. Quand son chef a été tué sous nos murs, il a rassemblé les débris de son armée et les a ramenés chez eux ! À notre barbe ! C'est grâce à lui qu'ils s'en sont tirés… et qu'ils sont en état de nous menacer de nouveau aujourd'hui.

Il baissa la tête, soucieux, et reprit :

– Le pape m'a envoyé trois éponges qui ont servi à nettoyer son autel. Je vais les couper en petits morceaux et les donner à manger à mes soldats. Ça les protégera.

Morgana ne fit pas de commentaire. La blessure commençant déjà à cicatriser, elle l'entoura vite d'un bandage pour que personne ne s'en aperçoive et ordonna :

– N'ôtez surtout pas cette bande avant trois jours. Et pour les Sarrasins, demandez de l'aide.

– De l'aide ? Et à qui, grand Dieu ?

– Au seul qui puisse vous en fournir, celui dont le territoire est aussi vaste que le vôtre et qui commande les armées de Neustrie et d'Austrasie réunies.

Eudes se redressa, l'œil noir :

– Charles Martel ? Plutôt mourir !

Sans perdre son calme, Morgana observa :

– Vous voulez dire… plutôt laisser mourir votre peuple de la main des Sarrasins ?

Eudes fronça les sourcils.

– Tu ne connais pas Charles Martel ! Ses ravages sur mes terres sont aussi terrifiants que ceux des Sarrasins. Mon peuple ne voudra pas changer l'un pour l'autre !

– Alors il faut trouver un accord de défense mutuelle. Il vous aide, et vous l'aidez.

– Tu es trop jeune pour comprendre. Tout ce que veut ce maudit maire du palais, c'est s'emparer de l'Aquitaine ! (Il frappa du poing contre le parapet.) L'Aquitaine est à moi ! Et nos peuples n'ont rien en commun. La Neustrie parle un genre de latin, l'Austrasie le francique[1], et nous l'occitan ! L'occitan !

Morgana convint :

– Je reconnais que ce Charles Martel est un peu rapace, comme tous les vieux chefs… Je veux dire ceux qui ont réussi à rester vivants assez longtemps pour voir leurs cheveux blanchir.

Eudes la fixa avec stupéfaction, puis il éclata de rire.

– Quelle analyse ! On croirait que tu as dix vies derrière toi ! En fait, tu n'as pas tort, seuls les forts tempéraments résistent.

– Et c'est bien dommage pour la paix, ajouta Morgana, puisque aucun chef pacifique n'arrive à se maintenir à la tête d'un royaume.

– Voilà pourquoi je ne veux pas demander d'aide à Charles Martel. Il nous dévorerait tout crus !

Morgana réfléchit.

1. Ancêtre de l'allemand.

– Il y aurait bien une solution.

– Oui ? fit le duc, intrigué.

– Négocier un accord avec lui en lui démontrant qu'il est en danger tout autant que vous. Parce que, une fois l'Aquitaine ravagée, les Sarrasins risquent d'entrer en Neustrie. Et là, il ne pourra plus compter sur votre aide.

Eudes ne put s'empêcher de sourire.

– Je reconnais que ton idée n'est pas sotte. (Il demeura songeur.) Toutefois, envoyer mon ambassadeur donnerait l'impression que je suis demandeur.

– Alors envoyez-moi, je ferais une messagère discrète.

Le duc resta un instant suffoqué, puis il soupira :

– Il est vrai que tu as un don pour parler aux gens…

Un don ? Non. C'était juste qu'elle voyait les auras et que ça lui en disait beaucoup sur la personnalité de ceux qu'elle rencontrait.

– J'irai, conclut-elle.

Et, seulement à cet instant, elle se demanda pourquoi elle l'avait proposé.

– Je te ferai donner une escorte, décréta Eudes. Mais, surtout, ne dis pas à Charles Martel que je demande de l'aide ! Démontre-lui qu'il a plus besoin de moi que moi de lui.

Oui, on verrait. Ce ne serait déjà pas mal si le chef franc reconnaissait qu'ils avaient besoin l'un de l'autre.

22
Le maire du palais

Au palais de Compiègne, Charles Martel dictait à Windric le texte d'une donation à l'évêque de Verdun, quand il s'interrompit.

– C'est amusant, observa-t-il, en grandissant, tu ressembles de plus en plus à un garçon que j'ai connu autrefois. En… (il réfléchit) 715. Un garçon à qui je dois beaucoup.

Windric jugea préférable d'en rire :

– Dommage que ce ne soit pas moi. Si vous me deviez beaucoup, je me prélasserais sur des coussins au lieu de m'user les yeux à rédiger des documents.

Charles Martel lui adressa une grimace :

– Plains-toi ! Tu as accès à tous mes secrets et, malgré ton jeune âge, j'accorde du crédit à ta parole.

À cet instant, la tapisserie représentant des oiseaux dans une vigne et qui servait de porte s'écarta pour livrer passage à l'astrologue. Sa barbe blanche s'agita :

– Voilà qu'arrive ce que je vous avais prédit ! La comète apparue dans le ciel il y a sept ans nous annonçait bel et bien une invasion. Un messager vient d'apporter la nouvelle que les Maures ont franchi les Pyrénées !

– Ah ah ! grinça Charles Martel. Bien fait pour ce maudit duc d'Aquitaine.

L'astrologue se dirigea vers une banquette, se laissa tomber au milieu des coussins brodés de chars attelés et s'épongea le front avant de soupirer :

– Malheureusement, ces Maures ne semblent pas vouloir s'en tenir à l'Aquitaine. D'après le messager qui attend en bas, leur but serait Tours et les richesses de l'abbaye Saint-Martin.

Charles Martel se leva d'un coup. Il ne riait plus. Tours se trouvait sur sa frontière avec l'Aquitaine. Il s'inquiéta :

– Qui est leur chef ?

L'astrologue fit signe qu'il n'en savait rien, mais Windric répondit :

– Le wali Abd-el-Rahman.

– « Wali » ?

– Le chef de ceux que vous nommez Maures ou Sarrasins, et qui s'appellent en réalité Arabes ou Berbères, selon leur origine.

– Ça m'est égal, le nom qu'ils se donnent ! Je

me serais bien passé de ce danger à nos portes !
(Charles Martel leva les mains avec colère.) Pourquoi ces sauvages ne sont-ils pas restés chez eux,
de l'autre côté de la mer ? Depuis qu'ils ont envahi
l'Espagne…

– L'*Andalousie*, précisa Windric. « El Andalus »,
c'est ainsi qu'ils disent. Et « sauvages » ne leur
correspond pas vraiment, ils ont beaucoup plus de
savants que nous. Abd-el-Rahman lui-même
passe pour un homme cultivé, et il est très aimé
par son peuple.

– Un comble ! s'exclama le maire du palais. Les
guerriers qui vénèrent leur chef sont les plus redou-
tables.

L'astrologue grommela :

– Eudes aurait dû les arrêter aux Pyrénées.

Windric fit remarquer :

– Comment aurait-il pu savoir par où ils passe-
raient ? Ces montagnes s'étirent sur cent lieues[1]
et possèdent une cinquantaine de cols !

L'astrologue ouvrit des yeux ronds. Charles
Martel nota avec amusement :

– Ce garçon est incroyable, il sait tout sur tout.

Windric rit :

– Je me contente de lire ce qui me tombe sous
les yeux.

1. 100 lieues = 400 km.

– Alors, reprit l'astrologue, tu connais peut-être les meilleures prières pour chasser l'ennemi !

– Hé bien… Dans le cas présent, je pense qu'il vaudrait mieux rassembler l'armée et voler au secours d'Eudes d'Aquitaine avant qu'il ne soit trop tard.

Il y eut un silence. Le visage de Charles Martel s'était fermé. Enfin il grommela :

– Si j'apporte mon aide à Eudes, qu'il me donne l'Aquitaine en échange !

Windric le prit comme une plaisanterie :

– Vous pensez qu'il accepterait ce genre de marché ? L'auriez-vous fait, à sa place ?

– Alors, qu'il se débrouille !

Windric tempéra :

– L'Andalousie est plus vaste que la Neustrie, l'Austrasie et l'Aquitaine réunies. L'armée du wali représente un vrai danger, croyez-moi. Et puis les Sarrasins pourraient s'installer définitivement ici, comme ils l'ont fait en Espagne. Et là, sans vous offenser, je ne donne pas cher de votre peau.

Charles Martel soupira avec agacement :

– Bon, va voir ce que nous veut ce messager. (Il rattrapa Windric par le bras.) Et arrange-toi pour lui démontrer qu'Eudes a plus besoin de moi que moi de lui.

Windric acquiesça sans rien dire. Ce serait déjà bien s'il arrivait à faire reconnaître aux deux chefs qu'ils avaient besoin l'un de l'autre.

23
Les négociateurs

Dans l'escalier, Windric repensait aux paroles de l'astrologue. Une comète, il y avait sept années de cela… donc l'année de sa réapparition à l'âge d'environ cinq ans. À se demander si son retour n'était pas en rapport avec cette comète.

Le messager qui attendait dans l'entrée était plutôt petit, enveloppé dans une cape de voyage…

Le cœur de Windric bondit. C'était Morgana !

Il resta un moment à la contempler, puis il lui sourit et, sans façon, lui prit le bras pour l'entraîner dans le jardin.

– Évitons les oreilles indiscrètes.

Malgré sa surprise, Morgana se laissa conduire jusqu'à un banc, où ils s'assirent.

… Et voilà qu'au lieu de parler de la guerre, ce garçon lui racontait des choses incroyables, lui posait des questions ahurissantes !

Oui, elle avait bien réapparu soudainement. Non, elle n'avait aucun souvenir remontant au-delà de ses cinq ans. Non, elle ne savait rien à propos d'un Pétrus et ne voyait pas qui pouvait être celui qu'il appelait le Quatrième.

Il lui raconta alors qui ils étaient, et elle se détendit enfin. Pour la première fois de sa vie, elle ne se sentait plus seule, et c'était une impression extraordinaire !

Puis Windric désigna deux jeunes gens qui s'entraînaient à l'épée dans la cour :

– Le plus adroit est Pépin le Bref, le fils de Charles Martel. L'autre est Thierry, le roi des Francs. Tu te souviens de lui ?

– Je devrais ?

– C'est le fils de Dagobert III. Tu l'as aidé à naître, puis tu lui as sauvé la vie en permettant à sa mère de se réfugier au couvent.

– … Et aujourd'hui il est roi !

Windric eut une grimace amusée :

– Si on veut… Car à la mort Chilpéric II que nous avions mis sur le trône, Thierry n'avait que sept ans. Alors tout a recommencé…

– Tout quoi ?

– Le temps des rois trop jeunes pour régner. Un maire du palais qui prend le pouvoir, et un roi qui ne fait rien. Néant. J'appelle ça les rois fainéants.

– Mais Thierry a grandi !

– Charles Martel gouverne le pays depuis trop longtemps pour lui céder une once d'autorité.

Pourtant, un pouvoir absolu n'a rien de bon, ni celui d'un roi ni celui d'un maire du palais… (Windric fronça les sourcils, préoccupé.) Nous sommes revenus deux fois de suite sans prendre le temps de naître. Deux fois en dix-sept ans, il doit y avoir une raison…

— Que veux-tu dire ?

— Que le monde est en train de changer. Il y a deux cent cinquante ans, nous sommes venus voir Clovis installer en Gaule la dynastie mérovingienne…

— Mérovingienne ?

— Un mot à moi. Des descendants de Mérovée, quoi. Nous revenons aujourd'hui, et ils ne sont plus rien… (Il haussa les sourcils, incertain.) Mais occupons-nous pour l'instant d'amener nos chefs à s'unir pour barrer la route aux Sarrasins. Je vais pousser Charles à descendre vers la frontière d'Aquitaine.

— Et moi Eudes à remonter vers celle de Neustrie. Ainsi ils seront au même endroit tout en gardant l'impression de défendre chacun son territoire.

Windric prit la main de Morgana.

— Donnons-nous rendez-vous entre Poitiers et Tours. (Il soupira.) Se quitter alors que nous venons à peine de nous retrouver…

Morgana lui sourit :

– Nous ne serons pas séparés longtemps. Je reviendrai avec l'armée.

Windric soupira :

– Ce sera la première fois que j'aurai du plaisir à voir arriver l'armée d'Aquitaine !

– Et moi à voir de près celle des Francs. Chacun la sienne…

Ils se regardèrent, subitement interloqués. Pétrus ne serait-il pas avec la troisième armée, celle des Sarrasins ?

24
La rivière

On avait passé la mi-octobre et essuyé bien des pluies, pourtant le wali chevauchait toujours tête haute. Il était magnifique dans son costume rutilant, son grand manteau bleu rejeté en arrière et son sabre recourbé au côté. Pour mener ses armées, il avait troqué son turban contre un casque doré surmonté d'une pointe comme un dôme de mosquée.

Pétrus tourna la tête. Encore des maisons qui brûlaient ! Depuis qu'ils étaient entrés en Aquitaine, ils ne laissaient derrière eux que morts, ruines et cendres. Il s'inquiéta :

– Wali, pourquoi laissez-vous Bubo tout détruire ?

– La guerre est la guerre, Rumi. Je n'approuve pas toujours Bubo, mais quand il dit que nous devons à la gloire d'Allah de tuer les infidèles, il a peut-être raison. Je mène une guerre sainte, ne l'oublie pas.

Pétrus doutait que la motivation de Bubo soit la foi, cependant il préféra souligner :

– Saccager n'est pas votre avantage si vous voulez vous établir sur la Grande Terre. Et pas plus si vous comptez un jour y revenir. S'il n'y a personne pour cultiver, il n'y aura rien à piller.

Abd-el-Rahman eut un sourire fatigué.

– Accumuler le butin donne aux hommes de l'enthousiasme. Et c'est avec l'enthousiasme qu'on gagne les guerres. Regarde-les…

Sous les étendards rigides peints de versets du Coran, les guerriers aux barbes impressionnantes semblaient effectivement invincibles. Des étoffes multicolores volées en chemin agrémentaient leurs vestes rembourrées, et le harnachement de leurs chevaux s'ornait de pierres chatoyantes. Même les tambourineurs avaient habillé de fanfreluches les énormes caisses qui pendaient de part et d'autre de leur mule.

Les femmes et les enfants qui accompagnaient l'armée gardaient des trésors plus précieux encore : les tissus brodés d'or et les bijoux volés aux monastères et aux villas, des montagnes d'émeraudes, de rubis, de topazes, de perles…

De quoi réaliser des merveilles d'orfèvrerie, songeait Pétrus pour se consoler, et incruster de pierres les reliures des livres destinés à la bibliothèque. Il proposa :

– Et si on rentrait à Cordoue ? Il commence à faire froid, l'hiver sera bientôt là.

– Ce pays n'a pas la douceur de l'Andalousie en octobre, reconnut le wali.

Et, une fois de plus, Pétrus eut l'impression qu'il avait des doutes sur ce qui le poussait en avant.

Des sons sourds retentirent au loin, répercutés le long de la colonne par les tambourineurs jus-

qu'au plus proche, qui frappa à son tour sur les larges peaux l'ordre de s'arrêter.

Intrigué, Abd-el-Rahman se haussa sur ses étriers pour regarder vers l'avant de la colonne, puis il prit le galop, suivi par Pétrus.

La troupe menée par Bubo était immobilisée devant une rivière et poussait vers l'eau des femmes et des enfants.

— Que se passe-t-il, Bubo ? Qui sont ces gens ? Nous n'avons pas besoin de prisonniers !

Une femme, serrant ses enfants contre elle, cria avec désespoir :

— Je comprends l'arabe. Il a dit qu'il allait nous égorger et nous jeter à l'eau pour obtenir la protection des divinités du fleuve !

Abd-el-Rahman ouvrit des yeux effarés :

— Comment ? Il n'y a pas de divinités dans le fleuve ! Allah est le seul dieu, et nous sommes là pour Le servir.

— C'était une blague pour leur faire peur, prétendit Bubo en ricanant. Parce que ces sauvages nous prennent pour des sauvages !

— Relâche ces gens, soupira le wali, et envoie des éclaireurs en avant. L'armée des Francs s'est rassemblée, on va bientôt la rencontrer.

Bubo serra les dents et, sans un mot, engagea sa monture dans la rivière.

— Celui-là, souffla le wali, j'ai souvent du mal à le comprendre.

Tout en entrant à son tour dans l'eau, Pétrus répondit :

— À mon avis, cette affaire n'avait rien d'une blague. Il comptait faire courir le bruit que c'était vous qui aviez demandé un sacrifice humain, et vous seriez passé pour un mauvais musulman.

Abd-el-Rahman en fut effaré :

– Tu crois ? Pourtant il m'a obéi…

– Trop bien, lâcha Pétrus en suivant Bubo des yeux. À votre place, je ne m'éloignerais pas de mes gardes du corps.

Il vit Bubo tourner brusquement la tête vers lui et, aussitôt, ressentit une brûlure atroce aux poumons.

Et il tomba de sa monture dans les remous de la rivière.

25
Le feu

Pétrus s'était laissé tomber dans l'eau, et ça lui avait sauvé la vie en éteignant l'effroyable feu qui le brûlait de l'intérieur. Maintenant, il ne doutait plus que c'était Bubo qui avait cherché à le noyer à Cordoue. Et le plus terrible était qu'il se sentait comme relié à lui par un fil invisible.

Il arrêta son cheval près de celui du wali et observa la ville fortifiée qui occupait une presqu'île dessinée par deux rivières. Abd-el-Rahman remarqua :

– C'est Poitiers. On approche de la frontière avec la Neustrie.

La cité avait été prévenue de leur arrivée, car elle avait fermé ses portes, et les casques des sentinelles brillaient sur le haut des remparts. On n'y accédait que par une langue de terre occupée par quelques maisons, une église et son cimetière. Plus loin, on apercevait de vieilles arènes.

– J'adore…, souffla une voix derrière eux.

Pétrus se crispa. Il détestait cette façon qu'avait Bubo d'arriver en douce. Le wali questionna :

– Qu'est-ce que tu adores ?

– Les églises hors des villes. C'est le signe qu'elles sont construites sur le tombeau d'un saint, et les pèlerins y apportent donc des montagnes d'offrandes !

– D'après les éclaireurs, commenta le wali, celle-ci s'appelle Saint-Hilaire.

Bubo ricana.

– Eh bien, cher saint Hilaire, on va mettre de l'ordre dans tes petites affaires. (Il prit un air de dégoût.) Les églises sont pleines d'objets précieux et ridicules, de coffrets d'or remplis d'os humains, de statues qui ont l'indécence de représenter des personnages de leur religion maudite. Brisons ces horreurs chrétiennes et distribuons l'or aux combattants de la foi !

Son discours finit par une sorte de hululement excité, et il fila au galop, suivi par sa troupe écumante.

Pétrus avança à son tour vers l'église, sans hululer ni écumer. Lui, c'est à son architecture qu'il s'intéressait, à commencer par les mosaïques qui couvraient ses murs extérieurs.

Il pénétrait dans la cour cernée de portiques à hautes colonnes quand il entendit une déflagration venant de l'église. Ça recommençait !

Personne n'avait jamais compris pourquoi, mais le feu prenait dès la fin des pillages, alors que personne n'avait de torche.

Les guerriers jaillirent de l'édifice en portant leur butin dans leur turban dénoué, et Pétrus n'eut que le temps de se jeter derrière une tombe.

Bubo sortait à son tour ! Il s'arrêta près de sa cachette et, les poings sur les hanches, regarda les flammes s'élever dans le ciel.

– Plus c'est haut, plus le spectacle est beau…, souffla-t-il.

Puis il recula, sauta en selle et éperonna son cheval si cruellement que celui-ci hennit de douleur avant de prendre le galop.

Pétrus en demeura oppressé. C'était Bubo qui mettait le feu, il en était certain. Par sorcellerie… De même qu'il avait failli le consumer, lui, au passage de la rivière.

Bubo ÉTAIT le feu !

Ça paraissait difficile à croire, mais c'est ce qui lui venait à l'esprit. Pétrus se redressa lentement en prenant appui sur la tombe. La pierre en était très usée, presque percée. Il réfléchit. Des tombes creusées de cette manière, il en avait déjà vu.

Où et quand ?

Il avait même l'impression d'avoir un jour personnellement gratté la pierre pour se procurer de la poussière guérisseuse…

Un souvenir si lointain qu'il semblait apparte-
nir à une autre vie.

Une autre vie… Une mission… Une mission à
accomplir. Les mots s'enchaînaient dans son esprit
sans qu'il sache comment. Une mission de paix…

Il reprit conscience de ce qui l'entourait. Une
mission qui contrarierait l'influence de Bubo ?

Pétrus se dépêcha de rejoindre le wali. Il arriva
au camp en même temps qu'un éclaireur qui criait :

— Wali, l'armée des Francs est en vue ! Et elle
est innombrable ! Des costumes de toutes sortes !

Il en profita :

— Si Charles Martel a rassemblé plusieurs
peuples contre vous, il est temps de faire demi-
tour et de quitter cette presqu'île encerclée par les
rivières.

Bubo protesta violemment :

— Il faut d'abord prendre Poitiers !

— Une ville fortifiée se bat becs et ongles, remarqua le wali, et ne tombe pas si facilement. Il faudrait en faire le siège, et cela prendrait du temps.

— Je vous mets le feu à tout ça, et…

Pétrus coupa :

— Nous avons beaucoup de butin, rapatrions-le
sans attendre que les Francs nous tombent dessus,
ou nous risquons de tout perdre.

— Toi, morveux, s'emporta Bubo, tu ne touches
pas de butin, alors de quoi tu te mêles ?

– J'ai… un mauvais pressentiment.

– Tiens ! Le petit cordouannier serait inspiré ! Quelle merveille ! Tu t'imagines qu'on ne voit pas tes manigances de sale chrétien ? (Bubo sortit son sabre.) Si tu ne lui coupes pas la tête, wali, je la lui coupe, moi !

Il avait l'œil mauvais, et Abd-el-Rahman conseilla :

– Tais-toi, Pétrus. Comme artiste, tu es incomparable, mais comme stratège de guerre, tu n'as pas fait tes preuves. Néanmoins, je partage ton avis sur un point. Quittons cette presqu'île.

Bubo brailla alors :

– Nous tuerons les infidèles pour la gloire d'Allah !

Et son sabre fendit l'air.

Pétrus ne dut la vie qu'au réflexe qui le fit glisser de son cheval.

Il se retrouva par terre avec une bosse, mais la tête toujours en place. Bubo dardait sur lui un regard haineux.

26
Alerte !

Windric suivit des yeux le cheval qui approchait. Son cavalier faisait de grands signes, et il comprit enfin ce qu'il criait :

– Les Sarrasins ! Ils ont brûlé Saint-Hilaire et ils viennent par ici !

Charles Martel fit un geste agacé.

– Abd-el-Rahman n'a donc pas renoncé ! Qu'est-ce qu'il lui prend ? Mon armée est plus importante que la sienne et nous sommes chez nous !

Windric songea que le wali le savait sans doute, et il se demanda pourquoi il persistait à marcher au combat au lieu de filer avec son butin. Il n'y avait à cela qu'une réponse : le Quatrième était avec lui. Le Quatrième accompagnait l'armée sarrasine !

Avec Pétrus. C'était logique puisqu'ils avaient quitté ensemble leur précédente vie !

Il regarda autour de lui et dit au maire du palais :

– Est-ce que cet endroit ne vous paraît pas le

meilleur pour une rencontre ? Cette plaine offre assez de place pour la confrontation de deux armées, et on voit assez loin pour ne pas se laisser surprendre. En plus, elle se trouve entre deux rivières, idéal pour l'approvisionnement en eau, et sur la voie romaine de Tours, ce qui nous permet de bouger rapidement.

Charles Martel eut un rictus amusé et se tourna vers son fils :

— Tu remarques, Pépin, que ce garçon voit tout, tout de suite… Et il n'est qu'adolescent ! Quand je ne serai plus de ce monde, fie-toi à lui, il est précieux.

— J'y avais déjà pensé, père, répondit le jeune homme avec un clin d'œil au secrétaire.

Mais Windric songeait qu'il ne serait sans doute plus là lorsque Pépin le Bref succéderait à son père. Celui-ci poursuivait :

— J'ai déjà appliqué certaines de ses idées et équipé nos guerriers tous de la même façon, avec épée, lance, bouclier et broigne [1]. Il sera ainsi plus facile d'organiser les opérations.

En vérité, Windric tenait cette idée des Romains. Eux allaient même jusqu'à l'uniformité des costumes, qui impressionnait l'ennemi et leur permettait de se reconnaître. Mais ici, difficile de

1. Épaisse tunique de cuir.

l'imposer dans un temps aussi court à des Neustriens, Austrasiens, Alamans, Bavarois… On avait juste pu forger une série de casques identiques en fixant quatre plaques de fer triangulaires avec des rivets.

L'évêque qui accompagnait l'armée assura :

– Dieu nous soutiendra. S'Il nous abandonnait, ces sauvages croiraient que leur Mahomet a raison contre Jésus, et cela, Dieu ne le permettra pas. Rappelez-vous que nous ne nous préparons pas à un combat ordinaire, nous ne défendons pas seulement nos royaumes, mais la chrétienté tout entière ! Et elle a les yeux rivés sur nous !

– Je n'engagerai pas la bataille à la légère, décréta Charles Martel. Les Sarrasins constituent une menace trop importante, il nous faut une victoire retentissante qui les dissuade à jamais de revenir.

Il eut un petit sourire en songeant à la tactique qu'il avait mise en place. Grâce à Windric. Celui-là semblait avoir lu tous les manuels de la terre ! Il connaissait la manière de combattre des Sarrasins et en avait déduit l'attitude à adopter face à eux. Et cela, en tenant compte du fait que les Sarrasins étaient des cavaliers, alors que le gros de l'armée des Francs allait à pied. Quel garçon étonnant !

Charles en était tout excité. Si cette nouvelle tactique marchait, la gloire en rejaillirait sur lui.

Sur lui seul, car il s'était arrangé pour expédier le roi « en sécurité » en lui affirmant : « Vous n'avez pas à combattre, je suis votre épée, sire. »

Il rit intérieurement. Les mots avaient beaucoup de pouvoir pour celui qui savait les manier : « en sécurité », signifiait en réalité « loin du champ de bataille », donc de la gloire. Et *pour son confort*, il incitait Thierry à ne circuler qu'en char à bœufs, ce qui donnait de lui une image de mollesse.

Windric indiqua soudain l'horizon. Un nuage de poussière ! Charles Martel s'inquiéta :

– Déjà les Sarrasins ?

– Non, cette armée vient plein sud, de la direction de Toulouse. C'est sûrement celle du duc Eudes.

– Eh bien, pour une fois, je suis content de le voir, celui-là !

Windric était content aussi. Mais pas seulement à cause d'Eudes.

*

Quelques jours plus tard, l'immense camp des Francs et de leurs alliés s'étirait à perte de vue. Mais ce n'était pas de ce côté que regardaient Windric et Morgana. Du haut d'une colline, ils surveillaient la route de Poitiers. Leur destin était en train de se nouer. Bientôt, ils rencontreraient enfin celui qui leur manquait… et, malheureusement, aussi le Quatrième.

Ils espéraient juste avoir un peu de temps seuls à seul avec Pétrus.

— Les Sarrasins arrivent, prévint Morgana.

Et l'oppression la saisit. Elle ne les voyait pas, mais leur troupe était si nombreuse que le sol et l'air en vibraient. L'émotion et la crainte l'envahirent. Quelque chose d'important allait se jouer ici. Quelque chose qui avait motivé leur retour sur Terre.

— Des roulements de tambour, chuchota Windric.

— Et le martèlement des sabots des chevaux.

Enfin, ils décelèrent une masse compacte qui bouchait l'horizon et, peu à peu, distinguèrent les couleurs vives d'une foule bigarrée et les éclats du soleil renvoyés par les oriflammes métalliques. Morgana scruta cette multitude.

— Je le vois ! Une aura très bleue ! Pétrus est bien avec eux.

– Et une aura noire mêlée de rouge et de brun… ?

– Il y en a plusieurs, on ne peut pas s'attendre à autre chose chez des guerriers en marche. (Elle se crispa.) Attends… Je vois ce que tu veux dire. L'une d'elles est… terrible.

Windric eut une grimace désabusée. Ils étaient donc bien revenus sur Terre à cause du Quatrième.

– Ils ne progressent plus, remarqua Morgana, subitement intriguée. On dirait même qu'ils reculent !

– Pas de fausse joie. Ils nous ont vus et retournent établir leur camp à l'abri. Il faut se tenir prêts, notre plan entre en action…

27
Le mur

Camp d'Abd-el-Rahman

L'endroit était excellent. Aucune forêt pour gêner les cavaliers. On avait établi le campement hors de vue des Francs et on attendait. On avait besoin de se reposer de la longue route, surtout qu'on avait entamé le ramadan[1] et que jeûner toute la journée affaiblissait les hommes.

Le plus curieux était que les Francs n'avaient pas profité de leur état de fatigue pour attaquer. Une semaine qu'ils étaient là, et Charles Martel ne bougeait toujours pas.

– Armée de mollusques tremblants, ricana Bubo. Ces imbéciles nous ont laissés reconstituer nos forces, ils le payeront cher !

Abd-el-Rahman leva la tête vers le haut d'un arbre et cria :

---

1. Pendant un mois, les musulmans ne mangent qu'après le coucher du soleil.

– Qu'est-ce que tu vois, Rumi ?

– Rien ne bouge, répondit Pétrus sans quitter des yeux le camp des Francs.

Il était assailli par des sensations bizarres, comme si une chaleur en émanait. Pourtant, il ne connaissait personne là-bas.

*

Camp de Charles Martel

Une semaine qu'on se surveillait de loin, sans bouger. Les espions, qui faisaient des allers et retours permanents, confirmaient que rien ne se passait non plus du côté des Sarrasins. Enfin on entendit :

– Ils quittent leur camp !

– Ce n'est pas trop tôt, soupira Charles Martel.

Il donna aussitôt ses ordres, et l'armée se mit en position. On avait si bien répété les mouvements que la masse des guerriers dessina très vite le triangle voulu par Windric, en forme de groin de sanglier. Les Romains utilisaient cette formation pour attaquer mais, ici, elle servirait à la défense.

Les Sarrasins approchaient, caracolant sur leurs montures, et l'évêque souffla, apeuré :

– Leurs visages sont noirs comme fonds de chaudrons, leurs yeux luisants comme braises…

Et il dessina vite dans l'air plusieurs signes de croix pour se protéger.

Windric, lui, n'avait peur ni des visages ni des yeux, plutôt des sabres courbes, des arcs et des javelots.

— Épée au poing ! ordonna Charles Martel.

Une trompe transmit l'ordre, et toutes les armes sortirent du fourreau.

— Boucliers en place, lances en avant !

Il y eut une sorte de danse, et un rempart de bois hérissé de pointes apparut devant l'armée.

— Immobilité totale !

Plus rien ne bougea.

L'armée sarrasine s'était mise en mouvement, et une vibration menaçante montait du sol. La masse des turbans, des boucliers ronds et des oriflammes brillants s'avançait avec une lenteur qui distillait l'angoisse.

Un instant, Windric eut peur de s'être trompé. Puis le vacarme se déclencha d'un coup, et le sol se mit à trembler sous les galops. L'armée sarrasine chargeait !

Trembla aussi le cœur des milliers d'hommes immobiles qui leur faisaient face.

— Pas un mouvement ! répétaient les chefs avec autorité. Ne bougez pas !

Un frisson parcourut les échines quand la vague hurlante déferla, mais aucun soldat ne broncha…

Et les assaillants s'empalèrent d'eux-mêmes sur le mur aux milles pointes !

Chaque Franc dégagea alors un court instant son bouclier pour achever le Sarrasin, puis se remit en position. Et tout ennemi qui se présentait sur ce mur se retrouvait avec une lance pointée de face et une de flanc. Les attaques avaient beau se répéter, le mur ne vacillait pas.

– Excellent, murmura Charles Martel, excellent. On les a eus. (Il se tourna vers Pépin, qui attendait, l'épée à la main.) Où est Windric ?

– Il a rejoint l'armée d'Eudes pour décider avec lui de son entrée dans la bataille. Les Sarrasins vont se retrouver coincés comme ils ne l'ont jamais imaginé dans leurs pires cauchemars !

Et ils se mirent à rire.

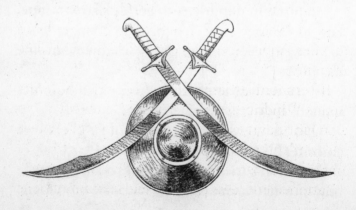

28

Terrible soirée

Contrairement aux cavaliers, les troupes à pied étaient silencieuses, on ne les entendait donc pas arriver. C'est ce qui avait donné à Windric une idée.

Morgana et lui s'entourèrent la tête d'un turban pris aux Arabes, enfilèrent une de leurs tenues – longue tunique et veste rembourrée – et, comme le soir obscurcissait le ciel, se glissèrent à l'arrière des troupes sarrasines.

Quand ils furent assez près, ils se mirent à courir, l'air affolé :

– Les Aquitains attaquent le campement ! Les Aquitains !

Ils criaient en arabe, avec les mots qu'avait appris Windric, et cela eut un effet immédiat. Ne pouvant deviner que l'alerte était fausse, puisqu'on n'entendait jamais manœuvrer les troupes franques, les Sarrasins ne pensèrent qu'à leur camp où attendaient leurs femmes, leurs enfants et leur butin. Ils firent aussitôt demi-tour et repartirent à bride abattue.

Ils n'atteignirent jamais le campement. Les Aquitains du duc Eudes les attendaient en embuscade sur le chemin et, dans le soir tombant, les sabres se fracassèrent contre les épées.

Le combat ne s'arrêta qu'avec la nuit noire. Il pleuvait, et tout était d'une tristesse affreuse. À la lueur des torches, des femmes drapées dans leurs longs voiles erraient sur le champ de bataille en gémissant. Et quand elles découvraient les morts, leur mari, leur père, leurs frères, elles s'effondraient en poussant des cris déchirants.

Windric et Morgana essayaient de ne plus les entendre. Eux aussi cherchaient. Mais Morgana n'avait pas besoin de lumière pour ça. Elle détecterait l'aura bleue. Une aura de vie dans le gris de la mort, elle l'espérait.

– Je le vois ! s'exclama-t-elle enfin à voix basse.

– Vivant ?

– Oui. Il est accroupi près d'un corps.

La lune déchirait les nuages comme pour accueillir les milliers d'âmes dans sa paisible lumière. Ils se mirent à courir.

Pétrus leur tournait le dos, penché sur un homme dont l'aura avait sans doute été très belle, avec le rouge de la vaillance, le jaune de la science et le violet de la foi, mais qui s'éteignait maintenant dans les brumes de l'agonie. Le mourant chuchota :

– Rumi, tu diras aux nôtres… que nous sommes morts… en martyrs de la foi. Que cette route où je quitte ce monde doit être nommée *la chaussée des Martyrs*. Tu te souviendras, Rumi ?

– Ne mourez pas, wali !

Le désespoir qui perçait dans la voix de Pétrus poignarda ses amis au cœur. Morgana croisa vite les mains dans son dos pour s'empêcher d'intervenir sur le blessé. Elle devait laisser faire le destin.

– Ne mourez pas…

La voix de Pétrus s'éteignit. Il était trop tard. Il appuya son front sur la poitrine du wali et pleura.

En sentant une main se poser sur son épaule, il sauta sur ses pieds… et resta suffoqué. À la lueur de la lune, il vit un garçon et une fille, habillés en Sarrasins, mais avec le teint clair des gens de Gaule. Il ne leur demanda pas qui ils étaient, comme si, soudain, il le savait. Il murmura :

– C'est vous qui êtes responsables de ça…

Morgana protesta :

– Non, Pétrus, ce sont les guerriers qui sont responsables des guerres.

– Vous… (Sa voix se brisa.) Vous avez pris le parti des Aquitains et des Francs !

Morgana lui saisit la main.

– Pétrus, nous ne pensons pas que les uns soient meilleurs que les autres, mais il faut que l'un des deux camps gagne au plus vite pour que la paix revienne. Et nous défendons ceux qui sont attaqués contre ceux qui attaquent, ceux qui sont dévalisés contre ceux qui pillent.

Pétrus essuya ses larmes d'une main tremblante.

– Pardonnez-moi, vous avez raison. C'est le chagrin… Moi aussi, j'étais opposé à cette invasion. J'ai essayé d'en dissuader le wali.

Il s'accroupit de nouveau près du mort. Les larmes continuaient à rouler sur ses joues, et il s'en excusa :

– Abd-el-Rahman était un brave.

Morgana s'agenouilla près de lui.

– Ce n'est pas parce qu'il était brave que tu le pleures, Pétrus, c'est parce qu'il était droit et juste, et que tu l'aimais.

Elle s'interrompit, et ses yeux s'agrandirent de frayeur. Une lueur noire striée de rouge fonçait sur eux. Le Quatrième ! Et il levait son sabre en visant Pétrus.

Ils n'eurent pas le temps d'esquisser un geste. Leur bouche s'ouvrit…

Bubo tomba lourdement en avant… Il était cloué au sol par une flèche !

Pleins d'effroi, ils se redressèrent. Un Sarrasin de la garde personnelle du wali, arc au poing, s'avançait vers eux. Il venait de retrouver son maître et, ignorant sa mort, avait cru que Bubo levait son sabre pour le décapiter. Alors il avait tendu son arc.

Windric murmura, sidéré :

— Pour tuer un sorcier, il faut lui clouer le cœur…

Morgana contourna vite le corps du wali pour se pencher sur le Quatrième :

— Son cœur est bel et bien transpercé par la flèche. (L'espoir transparut dans sa voix.) Ça veut dire qu'on est débarrassé de lui ?

— Au moins du sorcier en lui, précisa Windric. S'il revient, ses dons seront moins puissants. Rejoins-nous vite, Morgana car, s'il est parti, nous allons partir aussi ! Et je ne voudrais pas que nous réapparaissions séparém…

Mais sa voix s'éteignit.

Il n'était plus là. Ni les autres.

Le garde allait reprendre sa flèche quand il s'immobilisa, suffoqué. Il n'avait tué personne, la flèche était juste plantée dans le sol. Abd-el-Rahman était mort et… il n'y avait personne autour de lui ! Personne !

Il passa nerveusement les mains sur son visage.

Il ne comprenait pas. Il ne comprenait pas... Il crispa ses doigts autour de ses bras et se mit à hurler, mais il ne savait plus si c'était de chagrin de voir son wali mort ou de frayeur d'avoir rencontré des fantômes.

Le lendemain matin, quand les guerriers d'Eudes d'Aquitaine et de Charles Martel se jetèrent sur le campement sarrasin, ils n'y trouvèrent plus personne. Les tentes étaient désertes, l'ennemi était reparti en emportant les dépouilles de son armée et le corps de son wali.

*
* *

Les Sarrasins ne reviendraient plus. Mais Windric avait raison, quelque chose allait bientôt changer en Gaule...

Vous le découvrirez dans :

Le Noël de l'an 800.

La Gaule et l'Espagne vers 730

Mer du Nord

Océan Atlantique

Cologne

AUSTRASIE

Compiègne

Troyes

BRETAGNE   NEUSTRIE

Tours

Poitiers

BOURGOGNE

AQUITAINE

ROYAUME DES ASTURIES   Toulouse   PROVENCE

EL ANDALOUS
(ANDALOUSIE)

Cordoue

Mer
Méditerranée

Pour en savoir plus

L'Austrasie et la Neustrie

Ces deux royaumes eurent, entre le VIIe et le VIIIe siècle, une existence troublée. Parfois séparés, avec deux rois et deux maires du palais, parfois réunis sous un seul roi avec un ou deux maires du palais, leur situation était très compliquée.

Ils passaient leur temps à se ravager l'un l'autre. Piller le voisin était devenu un mode de vie. Assassiner les rois aussi, et Childéric II fut tué lors d'une chasse, avec sa femme et son fils aîné, par un dénommé Bodilo... dont notre Bodilo reprendra le nom. Seul le jeune Chilpéric échappa à la tuerie et fut caché dans un monastère sous le nom de Daniel.

Les rois dits « fainéants »

Pas étonnant que ces Mérovingiens régnant entre 639 et 751 n'aient pas eu une activité débordante : ceux qui étaient en âge de régner se faisaient très vite détrôner ou assassiner. On enfermait alors dans un monastère leurs enfants encore au berceau, et on mettait sur le trône un autre descendant de Mérovée un peu plus âgé – mais rarement assez pour exercer vraiment le pouvoir. Moyennant quoi les maires du palais continuaient à gouverner.

Par exemple, Childéric II (père de Chilpéric II) qui a été assassiné dans la forêt… avait vingt-deux ans et régnait depuis l'âge de neuf ans sur l'Austrasie. Et il avait fait enfermer son frère, le roi de Neustrie, pour annexer son royaume.

Étant donné cette hécatombe de rois, on en manquait régulièrement. Or il en fallait un pour justifier le pouvoir du maire du palais qu'il était censé nommer. On allait alors piocher dans les enfants royaux enfermés dans les monastères.

Ce fut le cas pour Chilpéric II, puis pour Thierry IV (élevé au monastère de Chelles) et pour d'autres encore.

Les rois mérovingiens portaient une longue chevelure considérée comme magique. Aussi, plutôt que de les tuer, il arrivait qu'on les rase, ce qui leur ôtait toute autorité.

Dagobert III

Il est l'exemple type de ces « rois fainéants » symbolisés par leur chariot tiré par des bœufs (mode de transport habituel des femmes). Il accède au trône à douze ans, meurt à seize ans… en laissant comme héritier un nourrisson.

Après sa mort (dont on ignore les circonstances), on est allé rechercher dans son monastère « Daniel » – en réalité Chilpéric II, tondu et enfermé quarante ans auparavant.

Y a-t-il eu un Bodilo qui serait devenu roi ?

Bodilo est, dans ce roman, « le Quatrième », un personnage imaginaire, et ne reste au pouvoir que le temps qui s'est réellement écoulé entre la mort mystérieuse de Dagobert III et la récupération de Chilpéric II au monastère. À cette époque, les rois se sont succédé très vite au point qu'on n'est pas sûr de les connaître tous, et plusieurs personnages ont tenté de monter sur le trône en se faisant passer pour les descendants d'anciens rois disparus.

Théodoald ou Théodebald

C'est le nom de l'enfant pour qui Plectrude gardait la charge de maire du palais. D'après les textes, il est mort sur la route au retour de Neustrie, « soûlé de fatigue et de peur ». Voilà qui rend bien compte de l'ambiance chaleureuse de l'époque…

Charles Martel

L'origine de « Martel » est discutée. Certains pensent que c'est son nom de naissance, « Martel » étant porté à cette époque (il ne s'agit pas d'un nom de famille, puisqu'il n'y en avait pas encore). D'autres historiens pensent qu'il s'agit d'un surnom qui lui aurait été donné après une victoire, peut-être celle de Poitiers (le « marteau » qui a frappé les Sarrasins). Après avoir été enfermé à Cologne par Plectrude, il fut libéré à l'approche des armées de Neustrie et devint maire du palais d'Austrasie. Il lui fallut du temps pour accepter comme roi d'Austrasie Chilpéric II sorti de son couvent et déjà roi de Neustrie. Par la suite, il battit les armées de Rainfroi et prit aussi la charge de maire du palais de Neustrie, gardant les deux royaumes sous son autorité. Autorité absolue car, après la mort de Thierry IV, il ne jugea pas utile de faire élire un autre roi.

Pépin le Bref
Pourquoi « le Bref » ? Parce qu'il parlait peu ? Parce qu'il était petit ? Pourtant son père Charles Martel était grand, et son fils Charlemagne aussi.
On risque de ne jamais savoir la vérité…

Les ampoules de saint Ménas
Les dromadaires n'y sont pas toujours très ressemblants, comme c'est souvent le cas pour les animaux exotiques représentés à l'époque.

Le temps
C'est à cette époque que, dans le monde chrétien, on commença à compter les années à partir de la date de naissance supposée du Christ. Les musulmans comptaient, eux, à partir de l'*Hégire*, c'est-à-dire l'année où le prophète Mahomet, chassé de La Mecque, s'enfuit à Médine.

Les Sarrasins en Gaule
Leurs incursions étaient fréquentes. En 721, ils avaient

fait le siège de Toulouse et occupé la région de Nar-
bonne. Puis ils avaient pris Nîmes et, pour garantir
leur sécurité, ramené des otages en Andalousie. Au
cours de leurs invasions, ils sont montés jusqu'en
Bourgogne.

Abd-el-Rahman
Il avait le titre de wali – à la fois gouverneur et chef
militaire. Il laissa un très bon souvenir, mais il ne faut
pas le confondre avec Abd-el-Rahman Ier qui, quelques
années plus tard, portera le titre d'émir de Cordoue et
fera finalement reconstruire l'alcazar et bâtir la Grande
Mosquée qu'on peut encore admirer aujourd'hui.

Cordoue
Elle fut l'une des plus belles villes du monde. Sa bibliothèque était très célèbre, ses savants et ses médecins
renommés.

Eudes d'Aquitaine
Il eut beaucoup de mal à faire la paix avec son ennemi
Charles Martel mais, grâce à leur alliance, la progres-
sion des « Sarrasins » fut arrêtée.

L'église Saint-Hilaire
Construite en dehors des remparts sur la tombe d'Hilaire, ancien évêque de la ville, elle était l'église la
plus célèbre de Poitiers. On y venait de partout en
pèlerinage.

La sépulture d'un autre évêque, saint Thaumaste, se trouvait au milieu du cimetière et était également renommée pour ses miracles. Sa pierre était si usée par les mains des pèlerins qu'elle en était presque percée.

Bataille de Poitiers

On débat encore de l'endroit où elle s'est déroulée. On penche le plus souvent pour un lieu situé entre Poitiers et Tours et nommé aujourd'hui Moussais-la-Bataille. Mais rien n'est certain. Dans les textes arabes, on l'appelle *la chaussée des Martyrs pour la Foi.*

Table des matières

Évelyne Brisou-Pellen

L'auteur

Évelyne Brisou-Pellen est née en Bretagne et, hormis un petit détour par le Maroc, elle y a passé le plus clair de son existence. Ses études de lettres auraient dû la mener à une carrière de professeur mais, finalement, elle préfère se raconter des histoires, imaginer la vie qui aurait pu être la sienne si elle avait vécu en d'autres temps, sous d'autres cieux. Ainsi elle a pu se faire capturer par un clan mongol, fuir avec un Cosaque, chercher fortune à Haïti, au Sahara, au Japon. Se trouver nez à nez avec les fantômes d'Écosse, se faire menacer par les flammes, être prise dans les tourmentes de la Terreur, faire ses études dans un collège maudit. Avec Garin, elle est prisonnière dans un château, encerclée par les loups, menacée par une terrible épidémie, soupçonnée de vol par les moines. Elle risque sa vie avec les pèlerins, vient à l'aide d'un chevalier, tente de sauver le pape…

Évelyne Brisou-Pellen a publié dans la collection Folio Junior : *Le Défi des druides*, *Le Fantôme de maître Guillemin*, *Le Mystère Éléonor*, *Les Disparus de la malle-poste*, et les aventures de Garin Troussebœuf : *L'Inconnu du donjon - L'Hiver des loups - L'Anneau du Prince Noir - Le Souffle de la salamandre - Le Secret de l'homme en bleu - L'Herbe du diable - Le Chevalier de Haute-Terre - Le Cheval indomptable - Le Crâne percé d'un trou - Les Pèlerins maudits - Les Sorciers de la ville close*. Elle a également publié *De l'autre côté du ciel* dans la collection Hors-piste.

Philippe Munch

L'illustrateur

Philippe Munch est né à Colmar en 1959. Après l'école des arts décoratifs de Strasbourg, il a publié de nombreux dessins dans la presse pour enfants. Grand voyageur, ses pérégrinations le mènent de l'Asie du Sud-Est à l'Amérique du Sud. Heureusement, il trouve encore le temps d'illustrer de nombreux livres pour Gallimard Jeunesse.

Retrouve
Les messagers du temps
pour d'autres aventures
_____

dans la collection

1. Rendez-vous à Alésia

n° 1492

52 avant J.-C. Les peuples celtes se rebellent contre Rome. Nés le même jour, la même année, mais dans des camps différents, Windus, Morgana et Pétrus sont réunis par une force étrange. Et ils découvrent qu'ensemble, ils peuvent influer sur le cours de l'Histoire. Mais un ennemi invisible se met en travers de leur chemin…

2. LE MAÎTRE DE LUGDUNUM

n° 1493

An 197. Les trois jeunes messagers du temps se sont réincarnés : Windus est désormais le fils d'un marchand ; Pétrus, un artiste romain partisan de l'empereur Sévère, alors que Morgana est la guérisseuse de son adversaire. Ils se retrouvent à Lugdunum, mais auront bien du mal à accomplir leur mission de paix. Car ils trouvent en face d'eux le cruel Caracalla…

3. L'OTAGE D'ATTILA

n° 1494

Avril 451. Les messagers sont de retour... sur le passage d'Attila. Pétrus et Morgana se retrouvent prisonniers du redoutable roi des Huns. Windus, jeune guerrier, est le seul à se souvenir de leurs aventures passées et à connaître leur mission : mettre fin aux ravages des Barbares. Mais Oktar, l'âme damnée d'Attila, s'oppose à leurs plans.

4. LE SCEAU DE CLOVIS

n° 1524

Mars 486. Les trois messagers du temps se retrouvent à Soissons. Pétrus, fils d'un riche Romain, Morgana, esclave gauloise d'une guérisseuse, et Windus, jeune Franc orphelin de père, ont une mission particulièrement délicate qui concerne le roi Clovis et la belle princesse Clotilde. Mais le Quatrième aussi s'intéresse de près au roi des Francs, et pas pour les mêmes raisons…

6. LE NOËL DE L'AN 800

n° 1526

Vers l'an 800. Windus est scribe et Pétrus forgeron au palais de Charlemagne. Morgana se trouve bien loin d'eux, à Constantinople… Et elle ne voit plus les auras ! Elle ne peut donc savoir que l'ennemi rôde dans l'empire de Byzance. Menacée, elle doit fuir jusqu'en Italie. Elle y croise enfin la route de ses amis. Mais à Rome, elle découvre que le Quatrième l'a suivie… et que Charlemagne est aussi en grand danger.

Du même auteur
_____

dans la collection

LE DÉFI DES DRUIDES

n° 718

Sencha, l'apprenti druide, revient en Armorique après une longue initiation dans l'île de Bretagne. Mais la fatalité s'est abattue sur le pays, envahi par les troupes de Jules César. Pour venger les siens, pour sauvegarder le pouvoir des druides, Sencha décide de lutter contre les Romains.

LE FANTÔME DE MAÎTRE GUILLEMIN

n° 770

Pour Martin, l'année 1481 va être une année terrible. Quittant l'orphelinat d'Angers où il a été élevé, il vient d'arriver à l'université de Nantes. Il n'a que douze ans, et cela éveille les soupçons : a-t-il obtenu une faveur ? Sa vie devient difficile. Son maître ne semble pas l'aimer, et au collège Saint-Jean où il est hébergé rôde, dit-on, le mystérieux fantôme de maître Guillemin. Les autres étudiants, beaucoup plus âgés, ne sont pas très tendres avec lui. Un soir, il est même jeté dans l'escalier par deux d'entre eux. Mais le lendemain matin, on trouve l'un de ces étudiants assassiné...

LE MYSTÈRE ÉLÉONOR

n° 962

N'ayant plus aucune famille, Catherine décide de revenir à Rennes dans son ancienne maison. Un terrible incendie embrase la ville. Cernée par les flammes, blessée, elle perd connaissance...

Éléonor se réveille dans un monde inconnu. On lui affirme qu'elle a dix-sept ans, qu'on est en 1721 et qu'elle a fait une chute de cheval. Elle ne se souvient de rien. Aurait-elle perdu la raison ? Qui est ce mystérieux tuteur, dont les visites l'effraient tellement ?

LES DISPARUS DE LA MALLE-POSTE

n° 1161

1794, messidor, an II de la République. La malle-poste arrive avec trois heures de retard au relais de Tue-Loup… vide! Le maître de poste découvre que la malle contenait du courrier relatif aux mouvements des troupes françaises à la frontière. Stan, son neveu, rapporte les passeports des voyageurs couverts de sang et paraît moins s'intéresser aux lettres qu'aux passagers, car parmi eux figure une certaine Hélène. Il faut qu'il la retrouve, même s'il doit lui en coûter la vie.

« LES AVENTURES DE GARIN TROUSSEBŒUF »

L'INCONNU DU DONJON
n° 809

L'HIVER DES LOUPS
n° 877

L'ANNEAU DU PRINCE NOIR
n° 1314

LE SOUFFLE DE LA SALAMANDRE
n° 1369

LE SECRET DE L'HOMME EN BLEU
n° 1269

L'HERBE DU DIABLE
n° 1216

Mise en pages : Maryline Gatepaille

Loi n° 49-956 du 16 juillet 1949
sur les publications destinées à la jeunesse
ISBN : 978-2-07-062277-1
Numéro d'édition : 162231
Dépôt légal : février 2010

Imprimé en Espagne par Noyoprint (Barcelone)